丝路古船

李师江 著

人民文学出版社

图书在版编目（CIP）数据

丝路古船 / 李师江著 .—北京：人民文学出版社，2023
ISBN 978-7-02-018172-8

Ⅰ.①丝… Ⅱ.①李… Ⅲ.①长篇小说—中国—当代 Ⅳ.① I247.5

中国国家版本馆 CIP 数据核字（2023）第 140248 号

责任编辑	刘　稚　徐晨亮　黄彦博
装帧设计	刘　远
责任校对	韩志慧　刘佳佳
责任印制	宋佳月

出版发行	人民文学出版社
社　　址	北京市朝内大街166号
邮政编码	100705
印　　刷	河北环京美印刷有限公司
经　　销	全国新华书店等
字　　数	150千字
开　　本	850毫米×1168毫米　1/32
印　　张	10.125　插页1
版　　次	2023年9月北京第1版
印　　次	2023年9月第1次印刷
书　　号	978-7-02-018172-8
定　　价	59.00元

如有印装质量问题，请与本社图书销售中心调换。电话：010-65233595

0

二〇二一年七月二十五日，宁静的泉州古城，突然爆发出海啸般的喧嚣与欢呼，接着是烟花腾空，满城耀眼，呼啸和花炮声此起彼伏，市民们兴奋的荷尔蒙弥漫上空。

这一天，名为"泉州：宋元中国的世界海洋商贸中心"的项目，顺利通过第四十四届世界遗产大会评审，成为中国第五十六项世界遗产。"此地古称佛国，满街皆是圣人"，古城泉州这次申遗包括开元寺、真武庙、市舶司遗址等二十二处遗址古迹，将面向世界传播，让世界了解宋元时期的东方第一大港，海上丝绸之路的起点。

借此东风，泉州海外交通史博物馆成为一大旅游热门，人流激增。为了庆祝申遗成功开设的"丝绸之路古代沉船文物展"展区，聚集省内外近几十年从海上丝绸之路打捞出的文物，做系统性展示。要知道这样的盛会，喜好文化遗产的观众会来一睹风采，而文物商人、海上盗捞分子等等也会蜂拥而至，可以说，这是一个鱼龙混杂的盛会，加上馆藏许多重宝，安保的压力陡然增大。

刚刚从边防警察系统退休的钟细兵，常年处理海上盗捞案件，与文物盗窃分子打过多年的交道，被聘请为这次安保工作的总指挥。钟细兵退休的时候，给手下讲过一次课。他根据多年的经验总结，在海边，如果是渔民，见了渔获，眼里是有光的；而伪装成渔民的文物盗捞分子，对渔获眼里是无光的，如果见了文物，眼里就会有光——贼光。所以说，巡逻的时候，要懂得察言观色。这就是为什么他在人来人往的码头有时候能一眼就盯上目标。那些盗捞分子、文物贩子，当然不会在现场采取盗窃行动（这种可能性也有，但是很小），不过他们会根据展品的信息，来寻找海底文物线索，乃至佐证他们的计划，策划下一次的惊天行动。

钟细兵从警三十来年，一直在边防一线。十年前有机会调到省城，他放弃了，说自己已经不适应没有海风与海浪的生活。仅仅在这二十年里,他参与破获的大小文物走私、盗捞案件,多达几十件。可以说,他见过最多的这一类嫌疑人员,而且,每一个人都印在他的脑海中。有一次,他在码头看见一个似曾相识的面孔,一查,原来是三年前被捕的盗捞团伙成员,刚从监狱里放出来。于是顺藤摸瓜,发现此人重操旧业,他由此破获了另一新的盗捞团伙。钟细兵脑海中的形象,是不可多得的财富。

此刻,展厅里,钟细兵着便衣,在人群中转悠。手机响起来,他不慌不忙,站在高处,目光巡视一番后,看了看来电显示。是公安厅的老友郑天天,两人曾经合作过数次海上文物保护行动,已经成了知己。

"听说你退休了?"郑天天问道。

"不用听说,你掰指头数一数就知道了。"钟细兵眼观六路,只有嘴巴在闲聊。

"臭美吧你,我又不是你老伴,我还去记你的年龄。"郑天天大大咧咧道,"不过我还是想去给你庆祝一下,终于可以过上散步遛鸟的生活了。"

"散步遛鸟,你想得美,你知道我现在在哪里吗?"

"感觉闹哄哄的，难道是菜市场，给老伴支使了？"

钟细兵压低声音道："别小看我了，我是退而不休，现在在泉州呢？"

一听"泉州"两字，郑天天已经知道他在干什么了，道："泉州现在可是最热闹的地方，看来你还真是舍不得，退了还想弄个案子搞一搞！"

钟细兵的脸上突然凝固，他看到人群中有一张酱色的脸，似曾相识。那肤色是海风长年吹出来的，这种人不像是观光客。他看到的是侧面的轮廓，一瞬间便想起这人曾经打过照面，而且是跟案件有关。这是一种直觉。他连忙对郑天天道："有情况，我随后跟你联系。"自行挂断手机，大踏步走过去。那边是宋元海上文物展，有着价值千万的元青花瓷等珍贵展品。他看清了那人的脸庞，是一种熟悉而又陌生的感觉。这说明，时隔已久，一下子也想不起来是哪个案子里的人物。那人正在专注地看文物的说明书，他的专注似乎被钟细兵盯着他的目光打断，也许是那目光太锐利了。他转头看到钟细兵，一阵愕然，似乎也认出他，眼里露出惊惶。他赶紧低下头，混入人群。钟细兵在思索中灵感迸发，叫了一声："船仔！"那人下意识地转过头来，又一转身就走。

钟细兵更加确定，那个人就是他。二十来年前的案子，确实连名字也忘记了，能喊出名字，是灵光乍现。而那个人，也是郑天天想要寻找的！

1

一九九八年，船仔十八岁。他光着上身，站在古湖岛岸边，活动了一下腿脚，深吸一口气。常年被海风吹过的皮肤，黝黑滑亮，像裹着一层鲨鱼皮。他的面前是海，波浪渐次猛烈，铺到太平洋深处。他目之所及，能看到的是远处的岛屿和船只，巨大的是油轮和货轮，平的是运沙船，若隐若现的是渔船，还有迅疾的快艇，船只或者交错或者追赶，藏着人类与海的秘密交易。

父亲老欧正往小码头走，看见船仔，叫道："开船去吧。"

船仔刚压了压腿站起来，回头道："脱裤子放屁。"

海风把话语吹得稀稀拉拉，老欧叫道："脱什么？"

"脱裤子放屁——多此一举。"

船仔说完,纵身一跃,身子在海里消失不见。许久,从海面上浮起,朝着龟屿的方向不急不缓游去。他淡定而沉稳的游姿,在海水里一沉一浮,将自己和海水融为一体,好像海才是他生活的地方。

龟屿离古湖岛有一公里多。远看确实像个浮在海上的龟,蓝绿的海水托起龟身,黄色的沟壑纵横的礁石是龟爪,龟壳上则是绿色的植被,青草和灌木生机勃勃,四季常青。

远看这只龟,温顺得很,离近了,才发觉周边怪石嶙峋,退潮之后形成大大小小的水坑,露出的礁石上,长满了海蛎、藤壶、海葵、笔架、贻贝、锅盖螺,诸如此类,引得古湖岛上的赶海妇女乘船过来开采。不过采集水下的野生鲍鱼,是这几年的事。之前的赶海人潜不了太深,现在的赶海人用了潜水服,能到达水下崖壁数十米处,才晓得那里是一个前人没有到过的世界,野生的鲍鱼和牡蛎在崖壁间自生自灭,大得吓人。饭店很喜欢这种野生鲍鱼,赶海人能够卖个好价钱。

同其他撬野生鲍鱼的赶海人相比,船仔算是个特立独行的孩子。

第一，他从古湖岛到达龟屿，不用船，直接游过来。第二，他不穿潜水服，只戴个护目镜，腰间别个网袋，抱块石头入水，一下子就达到十几米的地方，耳膜平衡瞬间就能做到跟呼吸一样自如。鲍鱼藏身于海带和石缝间，吸附在石上，伪装成石头上的斑痕，不易觉察。又因吸附力极强，用钎子撬起来也是极需技巧和力气的。这些对船仔来说，都不是个事儿，他右手把鲍鱼撬起来，左手接住。有的鲍鱼极为狡猾，被撬起来后，又落入石缝间，需要麻利劲儿。船仔一口气用完，浮上来，再来一口气潜下去，反反复复，像一只海豚。

船仔喜欢海底的世界。海面上，浪花拍打着岩石，啪啪有声，海像一个暴躁的汉子。实际上，当你潜入水下，噪声便消失了，海变得温柔安宁，拥抱着你，阳光打下来，透着黄金般的光线，真是一个亲切的世界。他能一口气潜水三分钟以上，足以在水下恣意活动。

再次浮起，长长地透一口气，像重见天日。猛然觉得身后有响动，转头一看，黑乎乎的，吓了一跳，惊叫起来。原来是一个邻居，"水鬼"阿豪。阿豪一身黑色装备，有氧气瓶，是专业的深海渔人。龟屿的深海采鲍兴起，跟阿豪也有莫大关系。他是最早一批来这里采鲍的，采到两头鲍，卖了大价钱，一时轰动，村人才晓得到龟屿赶海能赶出大名堂，不必非得干出海打鱼的差事。鲍鱼的数量单位是头，两头鲍就是两头一斤，九头鲍就是九头一斤，数量越多，代表个头越小，品次越低。三头鲍属于上等，两头鲍属于收藏级别的，生长期至少十年以上。阿豪采到两头鲍，村里闻名，他也因此成为专业的"水鬼"。

阿豪揭开头罩，看了眼船仔，不屑道："船仔，没有装备，搞不了东西，回去弄套装备来。"

船仔对阿豪更是不屑，摇了摇头。阿豪以专业的深海达人自居，见了谁都要啰唆几句，船仔觉得阿豪说这句话只不过是炫耀他的装备。船仔没有钱去弄装备，也不习惯穿着装备。他从小在这块海域长大，有一段时间身体没有沾到海水，就觉得不舒服。他的皮肤黝黑而光滑，身材瘦长，像是与海水融为一体。如果穿个保暖衣，反而碍手碍脚。

"用不着那些劳什子，你能采到什么，我赤手空拳也能。"船仔对阿豪道。

阿豪对船仔的挑衅很是不满。阿豪说自己穿装备下去，不仅能撬到鲍鱼、牡蛎，还能抓到鱼，不穿行吗？船仔也不客气，他偶尔也能在石缝中撞到鱼，只不过为了专注撬鲍鱼，不想浪费时间。这一挑衅，两人各自下潜，阿豪运气好，很快用钓枪弄上来一条石斑鱼。船仔不服，潜了四次，在石缝间叉到一条可怜的石九公。看着船仔一脸不服气的样子，阿豪劝慰道："行了行了，你这孩子，真是犟脾气。"随之他又转移话题，道："阿占要出国了，你怎么还不去？"

阿占是阿豪的弟弟，年龄跟船仔相仿。古湖岛的孩子，到了十七八岁的时候，家里有条件的，都找门路出国。这里的出国，不是指出国留学，而是偷渡美国。每家几乎都有亲戚在美国，主要是在唐人街开餐馆。

船仔觉得阿豪都是在炫耀，没意思，"不跟你瞎聊了，我要下去看看我龙哥。"阿豪要一块儿下去，船仔道："别去，你要知道了，会要它的命。"

龙哥是在躲在龟屿礁石洞穴里的一条龙鳗，有一两米长，只有船仔看过。龙鳗又被称为大海怪，蜷缩在洞穴里，只有头露出来。船仔在潜水中第一次看见它，吓了一跳，实在是太丑陋了。丑是丑，但它的黑眼珠看见船仔的时候，却充满好奇，似乎在考虑这只庞然大物能不能下口。船仔用虾子投食，诱它出来，但这玩意儿的智商碾压人类，伸了伸脖子饕餮了美食，却大门不出二门不迈。船仔在与之多次的凝视与博弈中，倒是成了亦敌亦友的关系。他在水底看见过龙鳗制服猎物的死亡翻滚，为之着迷。他希望自己能与龙鳗来一场大搏斗。

这次船仔用贻贝引诱龙鳗，龙鳗受不住新鲜贝肉的诱惑，丑陋的头伸出洞穴，张开嘴。渔民说，龙鳗的咬合力惊人，就连海胆也能一口咬下，不伤皮毛。船仔对龙鳗的凶猛心驰神往。龙鳗对船仔的游戏已经很熟悉，大胆地将头伸出，似乎知道老朋友存心逗它玩。船仔知道机不可失，右手从后面去抓龙鳗的脖子。龙鳗乃是水中霸王，船仔的手刚碰着，龙鳗早已察觉，一甩头，船仔的手一阵刺痛，龙鳗早已不见声影。他迅速浮上来，深深吸了口气。手里还回味着接触到龙鳗的亲密感觉。

船仔大概采了近三斤九头鲍，一上岸，连轴赶往镇上，直奔海坛饭店。后厨胖头称都不称，掂了掂分量，说给一百块吧。船仔也不晓得价格，只知道自己的东西还值钱，一百块也是个大数目,懵懵懂懂点了点头。倒是洗菜的大姐多了嘴,道:"胖头你这也太坑孩子了。"胖头一边从口袋里掏钱,一边撇嘴道:"你懂什么,你以为这是野生鲍呀,野生鲍才值得那个价。"船仔一听,不乐意了,也不吭声,一把夺过鲍鱼转身就走。胖头急了,拽住船仔的手腕,"都成交了,你还拿走,大老爷们儿说价,可不能反悔。"船仔道:"我没有反悔,但你说它不是野生鲍,我就不卖给你!"胖头道:"你管我说什么,嘴巴长在我鼻子下面,我说话还得你同意。"胖头动作笨,但嘴皮活络,力大,一边聒噪一边揪住船仔,竟让船仔动弹不得。船仔劲头起来,一口咬住胖头皮糙肉厚的胳膊,死死不放。胖头嗷嗷叫了起来,"你疯了吗!放开!你走!"船仔一松口,胖头立刻甩着手,嘘嘘叫着,对船仔又恨又怕,不敢吭声。洗菜的大姐笑得喘不过气,叫道:"胖头,你今天中彩了。"胖头不敢再对船仔叫骂,只好转头对大姐发脾气道:"都是你惹的事。"船仔恨恨地瞪了胖头一眼,悻悻离开。

在东湖市场,船仔环顾左右,走到一个猪肉案前,盯着一个已经蔫巴的猪头,猪头上挂着一颗眼泪。船仔跟猪头对视了一阵,似乎心有灵犀。猪肉贩子是个短须男,问道:"要猪头？"船仔道："这么多鲍鱼，换个猪头，可以吗？"短须男看了看鲍鱼，道："恐怕不够吧。"船仔道："野生的。"短须男看了看船仔，这个孩子对猪头情有独钟，必有原因，他二话不说，提了野生鲍就到海鲜摊位，片刻走回来说："够了，够了，那边卖海鲜的要了。"他称了下猪头，又切了半拉子油子，一块儿收拾了。船仔道："我只要猪头。"短须男道："富余了，油子拿回去榨油。"船仔愣愣地看着短须男，凝视许久。短须男被看得浑身起毛，道："怎么了，觉得还短你吗？"船仔道："你是个好人，我得看清楚好人是什么样。"短须男笑道："你肯定是岛上的，没见过世面，我这种人，你也当成好人！"

船仔提着猪头回家，是七月十五做祭的。

父亲叫欧板板，见儿子提着昏昏欲睡的猪头，好像是打猎回来，他凝视了片刻，长长舒了一口气："儿子，你长大了。"

家里没有女人，男人女人的事，都要老欧一个人折腾，是够烦琐的。老欧正在家里扎纸钱，买来的纸钱，要让人做成银纸锭，一颗颗放入白纸袋里，包扎起来。每一袋都是上万两银子。

"纸钱都涨价了。"老欧嚅动了一下喉咙，嘀咕道。生活在海岛上，他的皮肤里钻进了海风和阳光，黑褐色，像牛肉干。船仔呢，常年在海水里泡大的，也是黝黑黝黑的，但毕竟是后生仔，皮肤新鲜有弹性，像新鲜的牛肉。

船仔呢，不太关心纸钱价格上涨的话题。他只知道，每年中元节，父亲都会准备这一出，久而久之，变成一桩神圣的仪式。

"那边物价也上涨了，今年要给你娘烧五万白银。"老欧像是给船仔说，又像是自言自语。

"你觉得娘能收到吗？"

"不能我糊这些纸钱干吗？我男人当女人使，手指头都搞僵了，就是想着我多糊一张，你娘就能多用一张。怎么，你不信？"

船仔若有所思，茫然道："娘如果在那边，为什么一次也没回来过。"

老欧说死去的人呢，灵魂会在亲人的梦中回来。船仔在梦里一次也没有见过母亲。

"你不信,为什么还要去买猪头。"

"可是你信呀。"

老欧叹了口气,道:"心诚则灵。该来的时候,她会来你梦中的。"

船仔四岁的时候,母亲何岁容到龟屿捡辣螺,那是七月间,一去就没回来了。这是一次很平常的赶海,几乎家家户户的女人都去过,捡辣螺、岩石上撬海蛎,主要在礁石上活动,多年来,没有其他人出过事。老欧在龟屿周边寻找三天三夜,又到镇上贴寻人启事,一点痕迹也没找到。老欧思来想去,何岁容没有什么出走的理由,夫妻感情不错,况且家里还有四岁的孩子,哪个女人肯这么丢弃这样的家。老欧只能断定是在龟屿岛上出事了。海上出事,几天之内,也会在周围岸边找到浮尸。老欧等了一月又一月,一年又一年,哪怕一只鞋子都没见着。后来船仔的姆婶好心,带老欧去镇上神婆那里"去阴",也就是请神婆到阴间去寻找故人。神婆果然厉害,闭眼入定,数分钟,便找到何岁容。那何岁容借着神婆的口哭诉道,自己是暴死,成了野鬼,进不了祖堂牌位,游荡在岛屿海面上,没的吃,苦得很。老欧听她说得真切,心如刀割,泪如雨下。

岛上习俗，若是渔民在海上遇见浮尸，不能置之不理，如若不理会，野鬼便会缠着你，跟你闹，甚至要你的命来抵他超度。渔民要择一处安葬，这鬼日后便会保佑你。想到她肉身葬身鱼腹，灵魂又在那边受苦，老欧把舌头咬出血来。

中元节给妻子做祭，便是老欧的一个寄托，好像能一起对话。对于沉默不语的老欧来说，这个时候话最多了。老欧一边装纸钱，一边看了看船仔。老欧的脸偏长，船仔的脸偏圆，遗传了妈妈的脸形，五官也偏向妈妈。在这个时候，老欧会端详着船仔，他很庆幸在船仔脸上能看到妻子的影子，好像一家人坐在了一起。

次日，是筹备了许久的中元节。老欧挑了一担，一头是纸钱香烛，一头是祭品，和船仔一起往龟屿驾船开来。说来也怪，每到这个时节，老欧都会梦见妻子坐在龟嘴岩上巴巴地等着。跳桥的人在桥上请，跳海的人在海边请，这是惯例，他们的魂都回不去了。他问船仔有没有梦见，船仔摇了摇头，他对妈妈的印象很模糊，即便是看了照片，也觉得是一个陌生的女人。

老欧在龟嘴岩上摆上了祭品，有猪头、年糕、海蛎煎蛋、乌笋炒肉等，乌笋炒肉是妻子生前最爱吃的，妻子嫁过来的时候，桌子上有笋，最后总能扫得光光。他开玩笑妻子可能是竹鼠转世的。但妻子也爱啃蟹钳，一点一点地吮吸，像嗑瓜子一样。他出海回来，有大青蟹，总舍不得卖掉，回来看妻子啃蟹钳，自己好满足。生了船仔，坐月子的时候，月子婆过来说，月子里别吃腥，要不然以后身上都是腥味。老欧说没事，她爱吃就吃吧，自己的老婆，有腥味怕什么。说也奇怪，月子里吃了太多海鲜，后来果然嘴里有一种挥之不去的腥味。但老欧根本不在乎，古湖岛村子四处都是腥味，码头上渔船丢下的小鱼小虾，太阳一晒，空气齁得很，外人初来乍到，有的都要捏着鼻子。村里堆的海蛎壳，那齁腥味可是绵绵不绝。常年在海边，老欧觉得妻子的那点腥味，算是淡淡的香水味。

　　菜摆好了。点上香烛，那魂儿就来了。这里风大，蜡烛得用玻璃罩罩着。老欧边斟酒，边嘀嘀咕咕跟妻子介绍每一道菜，哪些是妻子拿手的，哪些是妻子爱吃的，极为啰唆。船仔很少见到父亲这么话多。老欧特意跟妻子交代，那猪头，是儿子赶海赚钱买的，儿子可以赚钱了，你要在世，也是该享福的时候了。

酒斟了三次，便开始烧纸钱。老欧听神婆说，这些纸钱呀，烧到了阴府银行，各种七七八八的扣费，到了这些野鬼手上，剩不了几成。所以他一年烧得比一年多。他边烧边念叨，这几万拿去买吃的，这几万拿去买穿的，这几万拿去打点牛头马面，免去刑罚之苦。老欧原来是对阴阳之事并不在行，后来因想知道何岁容的状况，跟神婆问七问八，才晓得地府一脉，跟人间处处相似。他又烧了一袋，嘴里念叨是给此岛土地公的，打点一下，好生照顾妻子。何岁容在此暴死，只能待在此处修行，也不晓得要经历几十几百年。

蜡烛燃尽，祭祀完毕，老欧便把猪头扔进海里。船仔来不及阻止，咽了咽口水道："爹，那猪头我都想吃的。"

"乖，给海神吃，哦，咱们能讨到生计，靠的都是海神。"

"整天伺候神鬼，就是不懂得伺候自己。"船仔咽了咽口水，看见猪头在海水中被海浪淹没。老欧认为那是给海神收了。

船仔以前不敢跟父亲顶嘴，现在大概是觉得自己懂事了，父亲做的样样都看不顺。一股躁动在他内心酝酿着。老欧知道儿子的叛逆期到了，又读过书，每样有自己的看法，颇有些无奈，但不会退让。生活自有一套古老的准则。

老欧如释重负，回家之后，跟船仔谈起重要的决定。

"我要筹钱给你准备出国了。"老欧道。

虽然这在船仔的预料之中，但船仔还是想说出自己的想法："我不想出国，我就想待这儿。"

船仔现在已经高三毕业了，这是本地大部分孩子出国之前的最高学历。这种文化能顶点用，到了那边，反正是端盘子，读太多书浪费年华。他高考时拉肚子，没考出什么花样。蛇头到家问要不要出国，老欧要是有钱，当场就拍板了。

"念书能有什么前途，还是出国，这也是你娘的心愿呢。"老欧不容置疑地说。

"娘走的时候我才四岁，她那时候就交代过？"

"不，她是托梦给我的，村里哪家孩子出国，她都晓得，一一说给我听，说不出国，根本就娶不上媳妇。"

这倒是实话。古湖岛上，本地男子越来越找不到女人嫁进来了。

出国一趟，成本在五十万人民币左右。付款方式可以先给蛇头一半，等到了美国，再付尾款。尾款这边有利钱可以借。一般来说，偷渡到美国后，端盘子端三年，就可以还清费用了。老欧平日里加几场"自助会",现在再努一把力,不够的话,再跟亲友借一点。对于出国,不论是亲友,还是地下钱庄,都很支持的。

船仔叹了一口气。他实际上是舍不得这里的海。以前周末放学回来,潜入海底,被海水紧紧拥抱,偶尔还能碰到呆萌的鱼群,跟人嬉戏一点不怕,这种生活恐怕要结束了。不过,是个男人,就得出去挣钱,这是岛上的规矩。在老欧眼里,儿子的未来在唐人街,而不是继续与惊涛骇浪为伍。

2

这次出远海是临时决定的。

听渔民说,靠近马祖岛一带梭子蟹爆网,是发财的节奏。确实,内海的海鲜越来越少,出去一趟,都够不上油钱。老欧本来叫堂弟乌头一块儿出海,但是乌头去年出了一趟远洋捕捞,去了三个月,不知道经历了什么,回来后说以后再也不出海了,整天喝酒睡觉,坐吃山空。老欧当时以为他说说而已,哪晓得这次叫他，乌头说就是死也不离开陆地一步。老欧说咱们渔民不出海，你说这像话吗？乌头说，欺山莫欺水，我这捡回来的命，有一次没两次，人要死过才懂得惜命。

老欧决定独自出海，运气好的话，儿子出国的费用，就有钱头了。

"我要一起去。"船仔得知消息，要求加入。

"太远了，你还是看家吧。"老欧看了一眼儿子，虽然是大人样了，还是拒绝他一起出远海。

渔家有老习俗，出海是出生入死的活儿，老一辈人立的规矩，父子不同船，这道理一想就明白。

"我是大人了，不是孩子，海上的活儿是我的拿手戏，我怎么就不能去了？"

"这是老规矩，什么事都得按照规矩办。"

"规矩是死的，人是活的，什么都按规矩，那人不活了？"船仔血气方刚，"从此以后，你能干的事，我也都能干。再说了，捕捉蟹群，人家是几个人干的活，你一个人，又拉网又掌舵，我看你一个人去才危险呢！"

父子俩对峙了一个晚上。老欧累了，某一个时刻绷紧的神经突然松了一下，对着妻子的生死牌道："孩子他娘，孩子长大了，由不得我了，你要保佑他。"

随着航海技术更加先进，安全系数增加，现在父子不同船这个规矩也不那么严了，老欧这才有了犹豫之后的退让。这是个赚钱的好时机，不能错过这一次的蟹群。

这一次，船仔占了上风，得寸进尺，"爹，我个头都比你高了，你还把我当小孩，哼！"

凌晨四点起来，五点出发。天蒙蒙亮，码头上已经有各种出海的吆喝声，船只影影绰绰地动着，极像印象派画家的绘画。老欧先在码头上的妈祖庙里烧了香，然后把一应物资搬上船。船上除了两千米的流网和一张拖网，还有一天的饮食用物。天渐渐亮了，是个好天气，太阳圆滚滚的，海面上像打翻了颜料盘，极为生动。一个小时后，船便行到深蓝海域，这时候的大海，辽阔、深邃，像穿着蓝色的丝绸在涌动。一群飞鱼被马达声吸引，跟着船的方向，跃出水面飞行。船仔意气风发，觉得自己是干大事的，叫道："大海，我来啦！"

老欧边掌舵边呵斥船仔。老规矩，船上不能大喊大叫，大喊大叫代表要出事。

到了妈祖列岛附近，碧蓝海面，没有一丝杂质，海狗鱼在海面上窜来窜去。老欧观察了海流，放了三张流网。两人抛了锚，开始做饭吃，吃饱了才能干活。

　　在船上做事，全是规矩，老欧像个唠唠叨叨的老先生。船仔肚子饿了，吃饭像打家劫舍，嘴巴鼓囊囊的，一筷子戳向鱼背。老欧像个论剑高手，用筷子把他的筷子拦住，嘱他规矩，吃鱼要先从鱼头开始吃，意为"一头顺风"，特别是不能先吃鱼眼睛，也别翻鱼身。老欧也十来岁就跟着老一辈渔民去捕黄花鱼，那时候野生黄花鱼群还没灭绝，一网上千斤的都有。老辈们把规矩一条条教给年轻人，这是有好渔获的基础。老欧那时候曾经坐在船舷上，把双脚悬于船外，被一个老渔民骂得狗血喷头，说难道不怕"水鬼拖脚"吗！船上规矩便一条条根深蒂固地藏在脑子里。比如，吃饭不挪窝，第一次在哪里搁下饭菜，下一次还会是原来位置。吃完饭不准把筷子放在碗口，这是渔船搁浅的象征。吃剩的残羹剩菜，不能倒进海里，因为海里的鬼会循着人味来找替身。小便不能站在船头和船帮两边，在船上不能穿凉鞋和露出脚趾的鞋，那意味着鱼会逃走。

　　老欧津津有味地说，船仔听着脑仁子疼，道："要学这么多,哪里还有心思打鱼。"老欧胸有成竹道:"打鱼不只是力气活,也有学问。"船仔道:"你还是让我痛痛快快吃完饭吧。"他看着蓝得一塌糊涂的海水,如此浑厚,激起的浪花啪啪有声,要不是船上有要忙的活儿,他真想跳下去游个痛快。

以前他潜到龟屿的水底峭壁下,耳边好像能听见母亲的声音——那种被海水拥抱着,耳边的嘟哝声。这个声音激起他仅有的回忆。他不确定,所以没有告诉父亲。但他喜欢在海水里被温暖环绕的感觉。

一只海鸟飞疲惫了,突然落在船舷上,孤零零地。船仔悄悄上前,抚摸它的羽毛。在辽阔的海上,所有的动物都是孤独的,彼此信赖。

饭后,等待流网上鱼需要几个小时,他们便把拖网放到海里。到一趟外海不容易,必须统筹运用时间。马达突突突叫着,拖网在水下十几米跟着拖行,看看太平洋里装着什么。内海的鱼群逐年稀少,极少能捕到大货。来外海呢,也是碰运气,运气不好,颗粒无收。但外海终归是有希望的。跑了一个长长的圆形,花了两个多小时,老欧让船仔把住方向,发动轮轴收网。倒是收了一大网袋,没有遇上蟹群,只是普通的收获。

老欧教船仔认真地分拣渔获,戴好手套,梭子蟹、兰花蟹放在一个舱里,活鱼放在供氧舱里,魔鬼鱼先把尾刺拔出,狗鲨鱼、海鳗会咬人,不能轻易下手。常年在海上劳作,老欧很认真地对待每一份渔获,每只鱼蟹都是宝贝。价格高的斑节虾,则被存在有冰袋的冰盒里。他所能的,是把这份态度传给船仔,以后他在美国端盘子,也能认认真真。

海上日头大,风大,体力消耗也大,两人补充了水分之后,开始收流网。三张流网,随着轮轴一动,一米一米地拉上来,挂着的渔获稀稀疏疏,时大时小,希望与失望并存:希望被大海馈赠,不希望被大海"放鸽子"。去年平潭渔民在牛山岛附近,捕获一条一百五十斤的大黄鱼,被鱼贩子一百五十万买走,转手一百八十万卖出,后来再以三百万价格被买走。即便是十来斤重的大黄鱼,也能卖十几万。时时有这种消息,总是给渔民莫大的希望,也让他们拉网时有一种辛劳中的快乐。但是在渔业资源越来越枯竭的当下,这种机会不亚于摸彩票。总体而言,两千米的拉网,五花八门的杂鱼都有,收获平平,就是见不着令人大吃一惊的值钱货,也没有预期中的蟹群。

"是放网位置不对吗?"船仔问道。这是他第一次跟父亲出远海,来时踌躇满志,现在有点失望。

老欧点了点头。蟹群肯定是有的,他见过别的船满载而归。与其说是自己运气不好,不如说是自己没有把握好位置。特别是儿子的失望,让他心中十分不服。他能教孩子、能在儿子面前头头是道的,便是赶海的经验。他站在船头,像一只不甘心的猴子,借着暮光观察海面。以附近一个岛礁为坐标,观看水流,想象洋底的蟹群迁移的路径。他十几岁跟着老渔民出海,老渔民把鱼群的迁徙讲得如同千军万马的出征,栩栩如生。而他则如诸葛亮,稳坐船上,设兵潜伏,在寂寞的海上,看一出连台好戏。蟹群肯定是有的,但你不晓得它们在哪一处密密麻麻地集结活动,只有那些深谙海洋的渔船老把式,能够猜得一二。

老欧当机立断,指着岛礁方向道:"我们围绕这个岛礁拖一圈,行不行就它了!"岛礁不大,绕一圈一个小时足够。这是一天中最后的美丽时光,夕阳像是即将沉入水底,在海面上射出诡异的光。此时的海,如梦如幻,不太真实。当老欧和船仔奋力把拖网拉上来时,老欧像个孩子一样欢呼起来。船仔眼前一亮,他见识到了传说的爆网,一大拖网密密麻麻,全是梭子蟹。老欧像个孩子一样开心叫道:"船仔,龙王要帮你出国呢!"船仔道:"哪是什么龙王,明明是你有经验!"

天色已暗,亮起船灯。来不及分拣,把蟹群一股脑推进舱里。要不是气温下降,天色已黑,老欧还想再来一遍。夜里海上天气变幻莫测,加上夜航极不安全,得赶紧回去。老欧掉转方向,朝着西海岸前进。刚启动,灯光下,船仔突然看见海面上一条银色的带子,在灯光照耀下一闪一闪,又如一把柔软的利刃,不能不引人注目。船仔叫道:"那是什么?"老欧也瞧见了,偏转方向。船仔看到银带越来越亮,越来越大,看得清了,分明是一条巨大的带鱼,看上去没什么活力,却还在拙笨地游动。

"是个好东西。"船仔想是自己立功的时候了,二话没说,扑通跳了下去。老欧定睛一看,招手叫道:"快回来,快回来!"好像遇见了滔天陷阱,避之唯恐不及。船仔看见父亲着急的样子,觉得不对劲,手忙脚乱上来。

"这么大的海货,肯定值钱!"船仔十分不解。

老欧来不及回答,掉转船向,风驰电掣远离。

"是地震鱼。"老欧在风浪中大喊道,那口气,跟见鬼一样。

地震鱼，在渔民看来，是晦气的象征，碰都不敢碰，哪敢打捞。地震鱼又叫皇带鱼，一般生活在深海，当它遇到海底地震的时候，才会游到海面。

老欧表情动作慌张，就像后面有人追一样。果不其然，开不多远，像被施了魔法一样，咔的一声，发动机突然安静下来。老欧脑袋嗡的一声，知道坏了。再次启动，毫无动静。一般出远海的船上会备有两台发动机，但是老欧过于自信，没有准备这么周密。船在浅浅的夜色中，安安静静地漂荡在海面上，父子俩束手无策。夜里海风一阵比一阵强，船没有了动力，就如人没有了思想，如行尸走肉，不可能有人生的。风浪让船只摇晃，船只在浪中像个婴儿，而逗弄他的，却是个恶魔。老欧撕心裂肺，朝天叫道："妈祖娘娘，妈祖娘娘，你要惩罚我吗？"黑暗中传来几声风浪的怒吼，像是从地狱来的声音，把老欧的喊声淹没。

船只翻掉的那一瞬间，船仔摸到了老欧，两人一起没入水中。

海面更加漆黑了，只有巨大的风主宰着，像什么也没发生过一样。

3

池木乡从监狱里出来，没有人来接，出来后只是盯着天空看了许久，而后喊了一声："×！"

第二天他收拾干净，到城里谈了一桩事，便来找阿兰。阿兰还在城南经营理发店，靠路边的一大间是门面，里面是起居室。阿兰的理发店很简陋，她不会理很时髦的发型，主要做老人和孩子的生意，不论光头还是平头，一律八块钱，因为便宜，还算有回头客。阿兰还在店里支起一张簸箕，摆上扑克牌玩二十一点，街坊邻里便被吸引过来。阿兰喜欢做庄家，别人要坐庄，她不让。小青年少林不服气，说："小妮子都尿了，赶紧换裤子去。"少林刚从渔排上回来，手痒得很，也想做庄家。阿兰的女儿小妮，刚四岁，妈妈在赌博，她自顾自在店里玩，不会影响阿兰。阿兰哼了一声，"尿裤子不算事。"她手气不是很好，连续几把点子都小，大伙儿见庄家一边倒，气势更足，押得越来越大，阿兰身边的一把钞票，转眼间只剩下几张零票了。少林叫道:"不听我话,这回连小妮子的学费都输光了吧?"阿兰铁青着脸,叫嚣道:"怕个尿,是钱死又不是人死。"

阿兰低头看牌,只觉得眼前一黑,抬头,原来是池木乡高大的身影压着低头的人群。阿兰惊喜地叫道:"木乡,你来啦!"木乡笑吟吟地看着输了钱的女人。在牢里待了三年,看到这其乐融融的赌钱场面,不亚于如沐春风。

"好像没赢呀。"池木乡看着阿兰面前几张小得可怜的零票。

"内裤都输光了,你来换换手气!"只有在池木乡面前,阿兰才显示出女人的柔弱。

"我来,你们押三把,往死里押,三把之后,庄家就收了!"池木乡宣布。

牢里出来的手气果然不一样,池木乡抓了三把牌,分别是二十点、十七点、十八点,面前又是乌泱泱一把钞票。阿兰喜滋滋地收了钱,对他们说:"打烊了,你们要玩到外面去!"

池木乡看见小妮,很亲热抱着起来,眼睛不离开,又亲又哄。阿兰道:"以前没见你这么喜欢小孩呀。"池木乡道:"你不知道,牢里一是没有酒喝,二是见不到小孩,现在看到小孩,跟心头宝似的。"阿兰笑道："不是也见不到女人吗！"池木乡道："倒是倒是。"

阿兰把小妮寄在对面的小卖部，把卷帘门一关，池木乡一把把她抱住。

"是昨天出来吧？嗨，我这几天赌钱赌上头，忘了去接你！"阿兰抱歉地说。

"嗨，又不是拿金牌，搞那个仪式干什么！再说了，你到牢里看过我，我认定你不嫌弃我。"

"有啥好嫌弃的，男人不坐几年牢都不算男人嘛！"

两三句爽快话，两人便入了佳境，池木乡把阿兰搬到床上，把憋了三年的火都烧起来了。完事，池木乡点上一根事后烟，阿兰蜷缩在他怀里，满怀希望地看着池木乡，像欣赏一轮冉冉升起的朝阳。

"哥，有准备干啥活路吗？"

池木乡盯着自己怀里的女人。虽然说阿兰已经三十了，身上有一种泼辣劲，狠起来敢拿菜刀砍人，但在池木乡怀里，这个女人变成一只猫咪，展现出妩媚的成熟的风韵。池木乡刮了刮她的鼻子，笑道："有呀，当然是赚大钱发大财啦！"

阿兰像打了兴奋剂一样翻身，伏在池木乡身上，"我真没看错你！是什么，搞养殖吗？"

在这海边小城，一说能赚大钱的，首先想到的就是养殖场老板。

池木乡得意地摇了摇头，"那都是赚小钱。给你看看这个。"

池木乡把随身带来的一个黑皮包打开，从里面掏出一样东西，用纸包着，然后一层层揭开纸。但令阿兰失望的是，纸张里不是什么宝贝，而只是块比巴掌大一点儿的瓷片。

"什么鬼东西。"阿兰的失望溢于言表，她本以为是个金光闪闪的东西。

池木乡笑了，抚摸了阿兰的秀发，咕哝道："我就是看看你，是不是真的头发长，见识短。"

池木乡出生在草屿岛，是渔民，常年在海上挣扎，但赚不了几个钱，连老婆也娶不上。当然，原因一是岛上属于穷乡僻壤，二是池木乡眼光也高，总觉得自己以后能干大事。常年在海上活动，他又有野心，后来跟走私的混到一块儿，那玩意儿来钱快。七八十年代开始，当地渔民就参与走私手表、电子产品，到后来原油、烟酒、冻品，应有尽有。

池木乡有一次到镇上消化走私品，戴着大金链子，来到阿兰的小发廊，理了个财大气粗的老板头。三言两语，一个眼神就跟阿兰对上了。阿兰结过婚，老公是邮政单位的合同工，给海岛送信，每天跑得要死要活，赚点死工资。阿兰便让老公辞了职，跟着渔轮出海赚大钱。那一趟去了三个月，再也没有回来。阿兰倒也不勉强，拿了赔偿金，想进一步做大做强，实现发财梦。只赌了一个晚上，赔偿金连同老公的遗愿，化作梦幻泡影。赌场上的风云变幻，让阿兰变得更加坚强，她重操旧业，带着刚刚出生的孩子开了理发店，以此为生。阿兰颇有姿色，有些个男人来撩她，各怀心思，有的是想占便宜，有的也想跟她成家，但阿兰不为所动。直到池木乡出现，她像鲨鱼闻到了血腥味，一头扎了进去。池木乡大气、果断、有野心，有着岛民的坚毅，阿兰便认定他了。不过两人相好没多久，池木乡就进监狱了。知情的人说阿兰的命真硬，好上一个就克一个。对阿兰来说，只要克不死，就有希望。阿兰后来进监狱看了池木乡，表明要等他出来。池木乡深为感动，对狱友吹嘘，我的女人，比爷们儿都讲义气！

池木乡摩挲着那块瓷片。细看，是一个青花瓷盘子的局部，纹饰应该是一条龙的头颈部。

以阿兰的见识，无论如何，看不出这是一件值钱货。"你是说，这个能卖大钱？"

"这个卖不了大钱，但是这个能带来大钱。"

"多大？"

"如果你不拿去赌的话，这辈子花不完！"

池木乡在牢里结识了一个贵人，叫练丹青。练丹青瘦弱、苍白，一看就是个文人，据他自己说，是个画家。池木乡还不信，会画画的都是文化人，怎么会坐牢？练丹青也不解释，捡一块石疙瘩在墙上唰唰唰几下，就把池木乡头像给画出来了。池木乡一看，服了。练丹青在牢里受欺负，饭碗都被狱霸砸了。池木乡替他出头，保住了饭碗。练丹青早出来，出来前跟池木乡说，你出来后来找我，咱兄弟好好闯一番世界。池木乡说，我没文化，能行吗？练丹青道，干文绉绉的事，只能被人欺负，想发财，都是野路子，你不行谁行！

池木乡从牢里出来，也没回家，就找练丹青去了。练丹青在牢里，穿个松垮垮的牢服，像个抽鸦片的，出来后拾掇一番，戴上眼镜，活脱脱一个仙风道骨的文人雅士，池木乡都差点没认出来。练丹青抚了抚自己留的小胡子,"我料定你会来找我,有一桩大活等着你呢!"他掏出这个瓷片,问池木乡看不看得出端倪。池木乡看了半天,没看出是什么宝贝玩意儿。附近岛上渔民拖网时常常网出一些碗盘瓷器,说是古代的,有人收购,完整的一个也就百八十块钱,这残缺的,没什么人要,跟发大财半毛钱关系也没有。

"这玩意儿能卖大钱?"池木乡瞪大眼睛问道。

"你说它能就能,说它不能就不能,能不能,就看你的本事。"练丹青说话云山雾罩,虚虚实实,又让人摸不着头脑。池木乡想,还是他挨牢头揍的时候,说话最踏实。

练丹青喝了一口茶,慢条斯理道:"你听我细细道来,这块瓷片,可不是一般的瓷片。它是元代的青花瓷。你听明白了,元青花瓷,跟其他朝代的青花瓷,不可同日而语。元青花是素瓷向彩瓷发展的开始,集合了波斯、蒙古、汉族的三种文化。它有典型的特征,你看,用的是苏麻离青,青料都会凹陷吃胎,元代的纹饰比较豪放,做的都是大件东西,用笔挺健。这个残片呢,是龙纹盘,从龙颈和龙爪可以看出,龙纹是三爪龙纹,颈部很细,细项龙,像蛇一样环绕,苏麻离青晕开很自然。

下面还有半朵番莲花，用的是毛笔的笔法……"

池木乡听得头都大了，"你晓得我没文化，别跟我讲这些，再讲下去，我的头都要裂了。"

练丹青并不在意，"咱们要做文化的生意，听不懂也要听一听，听着听着，以后你也就是行家了。"

"你就告诉我，为什么这玩意儿值钱？"

"说得也是，我就长话短说。元青花值钱呢，就是物以稀为贵。元青花全世界只有四百来件，两百件在民间，两百件在博物馆。元代的人豪放，做的都是大件东西，大盆子啦，将军罐啦，在佳士得拍卖的少有几件，都达到千万美元，什么概念，换成我们人民币，要上亿的。"

池木乡这回听懂了，"哦，原来这么值钱，一个盆子值上千万，那么折了一块应该也有几百万？"

练丹青摇摇头，"这是残品，不值钱。我为什么说它又很值钱了，它提供了一个信息。这块残品，是我从渔民家里收的，而且我问清了，它是在碗礁附近网到的，这说明什么，说明碗礁附近有一艘元代沉船。如果我们找到这艘元代沉船，捞出一些元青花瓷，你说咱们是不是该发达了？"

池木乡听明白了，眼睛亮了起来。对于碗礁附近的海况，他是熟悉的。碗礁，在海坛海峡，是南北船只往来的必经之地。因为渔民经常能捞到古代盘碗，所以称为碗礁。池木乡现在明白，这桩大买卖回到他擅长的领域了。

池木乡到阿兰这里，有两件正事。一是找个稳妥的地方，把这片瓷片藏起来，将来好对正。他和练丹青都是犯过事的人，家里随时可能被抄。二呢，池木乡想找个"水鬼"（深海潜水员），配合寻找沉船。渔民们虽然捞到过盘碗，运气好的卖个千把块，但谁也没见过沉船。沉船至少在十几米深的海底，这不是一般渔民所能到达的深度。经过上百年的淤泥覆盖，珊瑚层的板结，已经与海底融为一体，找到痕迹是极为困难的一件事。

这件事，阿兰比池木乡更兴奋，她脑子也活络得很，马上说刚才一块儿赌钱的少林，就是在渔排上干的，因为嫌渔排上生活太寂寞了，正想撒手不干呢！池木乡问是哪个，阿兰说就是拿了几手好牌，怀疑你出老千的那个。池木乡想起来了，少林长得一副机灵样，两只眼睛滴溜溜转，手脚麻利得很。

"嘿,那小子一看就晓得不是干正经事的,我要的就是这样的材料。"

阿兰邀功,"这事如果成了,可也得算我的功劳。"

池木乡呵呵笑道:"放心吧,我手里有花不完的钱,才不会让你没钱糟践呢。"

晚上,池木乡便请少林喝小酒,问他愿意不愿意做"水鬼",赚大钱。少林听说有大钱赚,眼睛亮了,连连道谢,"还是阿兰姐对我好!"说到具体处,又有质疑,"你那朋友怎么晓得这是元青花瓷,有那么值钱,万一看走眼了,咱们不是白忙活。"池木乡道:"这事你不用操心,他是行家里手,也请更高的行家做过鉴定的。再说了,咱们干这一行,不是一天两天能完成的事,得投资呀,船呀,潜水设备呀,各种开支呀,这些全得他来张罗,他不笃定,能舍得本吗,你要不信就别干了,我找的是臭味相投,不对,是志同道合的人呢。"少林连忙举杯道:"哥,你别介意,我这不是想把事情问清楚嘛。你这么说我就放心了,干!"池木乡道:"'水鬼'也不是你想干就能干的。你水性如何,碗礁的海底,至少二三十米深,不是一般人能吃得消的。"少林拍着全是肋骨的胸脯说:"哥你就放心,我没有这点长处,阿兰姐也不会想到我。我八岁就被我爹扔到码头下,自己游着上来的,后来我爹一追着我打,我就往海里跳,阿兰姐晓得我是有名的。"阿兰也点了点头。池木乡把少林的手从精瘦的胸脯上移开,当心他把自己拍散架了,"会水还不够,当'水鬼'最重要的是深海潜水能力。"少林再一次执拗地把手移到自己的胸脯上,"这个你放心。我带的那个渔排,就是台湾老板投资的深海养鱼,网箱深度有二十来米,破了都是我下去补。就我有这个本事,所以每次要走,老板都不让,要给我加工资。"池木乡道:"那这回能走得了吗?"少林笑嘻嘻道:"咱们这事要成了,哥能赚个千万,我也能赚个百万是吧,这回老板怎么加工资,也加不到了。"池木乡豪气道:"发财是没问题的,但一定要听我的,不听我的干不成!"少林道:"大哥这么有门路,我不听你的听谁的,来来来,我连干三杯,今后就是你的小弟了!"

阿兰说:"少林,别忘了是我帮你拉入伙的,赚了钱,我有一份。"少林道:"那还用说。到时候由我来,把你这个小理发店变成一个大发廊!"阿兰道:"有了钱,我还给人理发?都给我死一边去!"

4

练丹青独来独往，走路悄无声息，像个幽灵。他的孤僻是与生俱来的，跟亲戚都不太往来。早年他喜看杂书，如痴如醉，人们觉得他是书痴，又会画画，是个奇才。直到他入狱，旁人才晓得他是个大盗。出狱后更没人知道他是搞什么营生。对于海坛县的亲朋好友来说，他是个谜，任何人都进入不了他的内心。

他提着一个大黑袋，走到海坛县西郊的一栋小别墅前，按了门铃。海坛县地处海岛，自然有绝美的海景，以前交通不便，是个贫困县，有能力的人都往外走。现在成了休闲胜地，又有大桥飞架东西，与大陆连为一体，很多人回来建海景房了。

一位满头白发的老者，出来开了铁门，用眼神跟练丹青打了招呼，随口问道："有货？"

练丹青只有在这时候才露出笑容，点头道："好货。"

乔修远教授是练丹青的老熟客了，从省城师范大学退休后,落叶归根,家乡海坛这个别墅,夏天时过来住,冬天风大,他就回省城去了。

"乔乔有打算回来看你吗?"练丹青边进屋边唠嗑。

乔乔是乔教授唯一的女儿,在美国结婚生子,前段时间乔夫人摔了骨头,乔乔着急,想回来尽孝,又被各种事拖着。

"我叫她别回了,她妈的骨伤养着,也快好了。我除了血压高,没别的毛病,有药吃着,不碍事。能不麻烦子女,就尽量不麻烦。"

老两口退休后,没子女在身边,有许多事确实不方便,还好有一两个学生特别好,建房批地、看病就医,有麻烦事尽是学生打头阵。桃李满天下就有这个好处。

到了客厅,乔教授给泡上工夫茶。练丹青不等茶入口,便从袋子里取出一个木盒。

乔教授眼前一亮,接过来细细端详,"看样子是晚清民国年间的梳妆盒,图案是鱼化龙主题,光这雕工,就能值些钱呀!"

练丹青附和道:"要不说您呢,眼光是越来越亮了。"

乔教授年轻时就对文物有兴趣,退休后把这个兴趣捡起来，迈进了古玩这个坑。身为中文系教授，本来就学识渊博，一来二去成了半个专家。

他敲了敲木头，看了看纹路，道："难不成是金丝楠？"

练丹青道："要不说您眼光毒，箱面就是金丝楠，骨架是黄花梨，这是从福州三坊七巷大户人家流出来的，错不了。"

乔教授拿到窗户边，对着光线仔细看了看纹路，点头道："嗯，不错，看来你是淘到好东西了。你这准备出什么价？"

练丹青道："我着急用钱，一万八出手，您觉得怎么样？"

乔教授呵呵笑道："小练呀，你可别坑我，当年我跟你爹的交情可不浅。可惜他死得早，要不然，现在我们老哥儿俩一块儿养老呢。"

练丹青听到这一茬，脸色一下子沉下来，那是一种下意识的反应，但他随即回过神来。

乔教授觉察到练丹青脸色的变化，安慰道："过去的事都过去了，你也别过不了那一坎。"

练丹青恢复常态道："哎，是呀，过去的就过去了，只不过我爹死的那一幕太惨了，一提起，我的心就跟被蛇咬了一口似的。"

乔教授道："不提了不提了，咱们言归正传，这个梳妆盒，我也喜欢，要是价格合适的话，我就收下，咱们的关系，你得按照友情价。"

练丹青道："乔叔，您别说友情价，我是想让您发财，我赚点毛利就够了，不行您开个价吧。"

乔教授拿着盒子端详了片刻，道："一万，行的话，我就收了，你可说只赚毛利，该不会没赚头吧！"

"行，成交。说实在的，这个我有赚，一点点。看看，我让您发财的在这边！"练丹青又从袋子里掏出一个青花瓷碗，上面有个缺口，还附着几粒藤壶。

乔教授一把抓在手里，一眼瞅出是海捞瓷。从落款看是清康熙的景德镇官窑，胎釉接合处相当工整，确实是清代的工艺。"这个最多几百块，还是残品，能发什么财。你看走眼了吧！"

练丹青压低声音，"这个不是一个，是一堆。碗，将军罐，大盘，深腹杯，都有。"

乔教授两眼发光，"在哪儿？"

"在海底。"

这个清康熙碗，即便是完整的，最多不过值一两千。但如果是一船,那就是天大的宝藏了。一九八四年,英国人哈彻在南海打捞出"哥德马尔森"号沉船,捞到瓷器六十万件,在只保留二十多万件的情况下,两年后就拍卖获利两千多万美元。这是海底探险的传奇,也是刺痛中国水下考古界的大事件,同时也使得人们意识到,海底有无数的博物馆,海底也是个大银行。乔教授显然深受触动。他入了这一行,因为有很好的国学功底,倒是把很多野生的行家都比下去了,这些年手里倒腾、收藏的文物,倒也不少,家里博物架上,便是他收来又舍不得出手的。有人看上了,他会说,等我赏玩半年,到时候我舍得了,你再来。但是第一手海捞瓷,他还真没见过。

"叔,您要是愿意,这桩买卖我就交给您。您要是没兴趣,我就找别人。"

乔教授盯着练丹青,像盯着一个可疑的小偷,"小练,你不会坑我吧?"

练丹青被盯得身上发毛,无奈道:"哎,坑人的事,我有什么理由头一个找您呢?再说了,我现在要靠这一行吃饭,我要是坑您,您一张扬,我不是砸了自己的饭碗吗?"

乔教授沉吟片刻,似乎被他说动,但依旧谨慎,叹了一口气道:"这不是小事,得慎重。"

次日凌晨,天上有星星。风不大,码头上很安静,只有海浪在有节奏地发出均匀的声音,像海岛的催眠曲。一艘小渔船的马达发出刺耳的声音,从码头出发,渐渐远去。码头又恢复了催眠的节奏。黑夜的海,也像一头巨兽,无边无际的黑,可以吞噬一切。

船上是练丹青、乔教授、池木乡和少林。池木乡掌舵,偶尔打开激光笔,一道笔直的光射向前方,可以看清是否有障碍物。他们之所以如此谨慎,是怕引起巡逻艇的警觉。

渔船很简陋,没有舱,用太阳布遮着——就这还是练丹青从渔民那里租来的。他和乔教授紧挨着一个货箱坐着,这里风小一点,两人围着塑料布。夜里,海上还是会冷,乔教授这年龄,如果不是他自己要求,本是不能出海了。

练丹青看着黑乎乎的海面,若有所思,忍不住附着乔教授的耳朵问道:"我爹当年为什么会想不开?"

乔教授耳朵好使,饶是在马达声中,也能听清。他摇摇头,附着练丹青的耳朵,道:"那时候知识分子的命都是这样,知识分子要尊严,就没了命,傅雷呀老舍呀,哪个不是。"

"您说人心的恶,是不是比这海更深?"

乔教授叹了一口气,"时代的罪恶,你无法怪罪某一个人,一切都过去了,向前看吧。"

"他本不该死在这冰冷的海里。"练丹青不甘心,咬牙切齿道。

当年,父亲跟练丹青最后说了几句话之后,就瘸着腿,出门投海死了。练丹青没有想到那几句话就是诀别。

"他扛不过去呀,他不死能怎样呢?"

"他应该是握着画笔走掉的,那是他的夙愿。"练丹青道,"他连自画像也没能留下一张。"

往事使得海上的夜色,多了一层悲凉。

不多时,船来到一个无人岛附近。池木乡循着光线,很快找到了一个蓝色的浮标球。少林是第一次大显身手,早已穿上潜水服,戴上脚蹼,绑上水下探照灯,通上一条简易的氧气管,一骨碌就翻滚下去了。看来,他拍胸脯说的话,没什么水分。船上三人打着灯,静静地看着海面上的白色气泡。不多时,少林便浮了起来,随之出水的,是一篮子布满藤壶的瓷器。少林喘着粗气,道:"我×,发财啦,发财啦。"池木乡一把摁住他,叫道:"你他妈给我安静点。"练丹青道:"发不发财,得看教授欣赏不欣赏。"乔教授眼睛亮了,拿起一个瓶子打开手电筒细细端详,像个孩子一样惊叹:"美呀,太美了!"练丹青得意道:"百闻不如一见,这回您可信了吧?"

不久,海面上灯光熄灭,马达声响起,海上又恢复了无边无际的黑暗。

5

海坛镇派出所副所长钟细兵刚去东洋岛上处理一起海上养殖纠纷案,要不是最后鸣枪把岛民镇住,差点不能全身而退。那些远离大陆的岛屿,岛民特别难搞,他们长期与海浪和礁石为伴,练成了跟礁石一样硬邦邦的性格,见面不打招呼,不善沟通,法律意识淡薄,遇到纠纷,很容易把外人和公务人员当敌人;再加上山高皇帝远,能用拳头分出高下的事儿,绝对不费嘴皮。

刚回到所里，茶还只泡了一半，手机就响了，是师母来电。他想起已经许久没有去看望老师乔教授和师母了，也没打电话问候，现在他们打电话过来，真是过意不去。

在遇见乔教授之前，钟细兵可不是这般懂情感有分寸的人。他是以体育特长生身份考进的大学，文化课肯定差。那次期末考试完，他就知道乔教授这一门肯定有问题。他举着拳头逼迫宿舍每个人都捐了点钱，买了烟酒跑到乔教授家走后门。乔教授教了一辈子的书，没遇到过这一号野路子学生，好在他见过世面，笑呵呵让钟细兵坐下，喝茶谈心。钟细兵肚子里没有多少斯文的东西，便开门见山，说我今天是来搞成绩的，我豁出去了，你这门课我是及格也得及格，不及格也得及格。乔教授道，我听过你的事迹了，考试的时候，你的同桌不让你偷看，你把他揍了一顿，是吧？我这么跟你说吧，你要是出去，迟早会得到血的教训的。你今天提了这么多东西过来，我会收下，但是，要给你钱，因为我不允许你们在宿舍抽烟喝酒。但是呢，这门功课呢，不及格的话，我让你补考，肯定能让你亡羊补牢。说实话，我很欣赏你的胆识和想象力，这方面用得好，将来肯定是个人才，用不好，一出校门马上就栽了。

你要是能听进我的话，就继续喝茶，以后还可以来喝茶。你要是听不进去，现在就立马走人。

钟细兵没想到自己还有被教授欣赏的一面，这一顿说教让他服了，继续喝茶。从小到大，没有一个人像这样跟他讲道理，像这样肯定他。从此他成了乔教授家的常客。偶尔碰到乔教授要使唤他，便屁颠屁颠地去了。

毕业的时候，钟细兵觉得自己一身本事，想考武警。乔教授道："没问题，你现在思想各方面都可以，社会习气也去掉了，但是胆识和魄力仍在，这是一条好出路。"因为这番话，钟细兵成了一个边防武警战士，他又能吃苦，到基层派出所后很快就当上了副所长。钟细兵结婚的时候，乔教授过来喝喜酒，又当证婚人，一派斯文的发言，给钟细兵赚足了面子。如今逢年过节，他必定要去看望。

令钟细兵没想到的是，这次师母打来电话，居然是乔教授走了的消息。他一下子没反应过来，印象中，以乔教授的身体状况，再活二十年没问题。他泡的一杯茶没喝上一口，赶紧跑去处理后事。乔教授就一个女儿，现在师母把钟细兵也当亲人使唤了。她希望让乔乔回来处理丧事，但是在路上不要让她知道。这让钟细兵费了一番周折。钟细兵本来请了两天假，但是现在等乔乔回来，把事情张罗完，没有一周不行。他在手机里跟所长马铜镜请假，这下可把所长惹火了，"一个老师走了，你请一周假，你从小学到大学，有多少老师呀，以后还有完没完呀，又不是你爹。"老马当兵出身，文化程度不高，基层经验丰富，说话喜欢用土话，骂人特别来劲。钟细兵毕竟是院校出身，气息上本来就跟他有点不对付，这几天又着急上火，心中那股野性也被激活了，丝毫不退让，"这个老师对我只怕比亲爹还亲，这个假我是请定了，你爱怎么处罚就怎么处罚。"

乔教授桃李满天下，追悼会真是热闹，钟细兵忙里忙外，忙完嗓子都哑了，这才有心思询问老师突然亡故的细节。师母流着泪说，这事儿，可能跟那天贵客登门有关。

那天，福州的朋友告知，来了个京城文玩界的泰斗级人物马爷。这可把乔教授高兴坏了，托了各种关系，与马爷见了一面，说自己有一屋子古董，请马爷到家来掌掌眼。马爷说这是得罪人的事，我真不干。乔教授软磨硬泡，才把马爷请到自己小别墅。小别墅进门处摆了十几个大塑料箱子，里面用水泡着海捞瓷，在做脱盐处理。马爷只瞅了几眼，还没拿到手上仔细端详呢，就说："乔教授，你今天请我来，是要听真话还是假话呢？"乔教授笑道："还有这讲究，假话可是谁都不爱听的。"马爷道："教授你可错了，假话多数人都爱听，我给你客套客套，你乐和乐和，说真话呢，你可能就不爱听了。"乔教授说："那肯定是听真话呀！"马爷倒是直截了当道："这不用看了，全是现在的仿品呀。"乔教授道："马爷，这回你可走眼了，这些是我亲自看着从海底捞上来的，你看，上面的痕迹，在海里没有上百年出不来。"马爷倒也不争辩，道："我不看哪里来的，我就看真假。是赝品，不管是墓里刚挖出来的，还是海里刚捞出来的，也还是赝品。"

想来马爷这种场面见多了，一口茶也没喝，急急上车回酒店了。乔教授心情一下子低落，竟也无心挽留。

当天乔教授还不服，第二天就蔫了，一整天闷闷不乐，晚上跟师母说心脏有点不舒服，服了三颗红景天胶囊，就去睡了，转天再也没有醒来。医生推测是夜里脑出血死亡。

钟细兵可以想象，乔教授被点出真相之后内心的愤懑与纠结。在文玩圈，他是半路出家，仗着自己的国学功底，融会贯通，又被周围的人一夸，把心气儿提起来了，以为自己是个行家，实际上是半吊子。挖坑的人，要的就是这种自信满满的半吊子。给马爷一棍子棒喝，他这口气是过不去了。更重要的是，这批海捞瓷赝品，可把他的几十万积蓄全套进去了，这学费，太高了。

"知道被套了，怎么不给我打个电话呢？"钟细兵很遗憾。乔教授平日里都把自己当成儿子一样，如果及时告知，也不会有这种后果。

师母说她当时看乔教授长吁短叹，也有这种提议，话说了一半，就被打断了。在文玩圈，不论是打眼还是捡漏，都是一锤子买卖，没有秋后算账的规矩。打眼或者被人挖坑，都不好意思透露出去。第一是面子，人都好面子，传出去影响你在小圈子里的声誉。失了面子，别人遇到好东西就不愿叫你一起看了，毕竟谁也不愿意跟一个半吊子混在一块儿。第二是能力，收藏比拼的就是眼力，输了认栽属于正常。花真金白银购进心仪的古玩，一定是深思熟虑后的决策，而不是一时冲动。如果你连真伪都难以辨别，一过手就输了，只能吞下后果自己品。这样一来，藏品面前人人平等，不管你是腰缠万贯的大老板，还是蹬自行车的上班族，大家都有捡漏的机会，它实际上也体现了公平原则。你被坑了，只能安慰自己是交学费，只不过这个学费交得太惨了。

至于这一批栩栩如生的仿品，师母晓得是从练丹青那里收的。但是她对练丹青也不是特别了解，只知道他父亲老练，之前与乔教授有交情，同一所学校，一个学中文，一个学画画。老练在那个年代，因为曾给庙里画过神像而被批斗，后来不堪其辱，就跳海自尽了。毕竟这是一段悲惨的经历，乔教授从没详细提及。而且老练死后，练丹青性情大变，犯过事，坐过牢，乔教授也不愿多提。但他还是不忘旧情，毕竟是故交之子，能帮的就帮，特别是练丹青出狱后，干的是倒腾古玩这一门，兴趣相同，便有了更多往来。这样看来，练丹青完全是设坑杀熟。

想到这里，钟细兵牙齿都差点咬碎了。乔教授没法向自己开口，还有一桩，是因为这件事处于法律的边缘。倒腾古玩，一不小心就倒腾到非法的坑里。

乔乔回来处理了丧事之后，陪了母亲两天，临走时对钟细兵说："我爸走得冤呀，这一口气真咽不下去。"

钟细兵叹了口气，"我会给他在天之灵一个交代的！"

练丹青夹着一个黑色拉链皮包，走进锦绣家园，一股酸水从腹部涌上喉头，嘴里是莫名的滋味。在监狱里，他得了很严重的胃溃疡，现在还是经常泛酸，他自己经过观察，发现情绪很影响胃的舒适度，如果情绪波动很大，胃就会有很大的反应。

练丹青现在是孤家寡人，租住在海坛县老城区的一间旧房。一是房租比较便宜，二是他恋旧，青少年时期他生活在老城区，一草一木一物一瓦，皆是旧物，别有深意。少年时与父亲伴在院子里，父亲喜欢种兰花，开放时节沁人心脾。现在他租住的院子里，墙角被兰花拥着，一闻就有旧时光的味道。

锦绣家园是练丹青入狱前的房子，现在前妻赵芳住着。他在熟悉的门前停顿了下，敲了敲门，赵芳开了个门缝，见是练丹青，愣了一下，又想把门关上，练丹青挤了进去。赵芳像看个怪物一样看着他。

她心里有恨。

当年是其乐融融的一家人，赵芳当护士，女儿练小虹聪明乖巧，在学校里画画比赛经常获奖，并且以爸爸为荣。那时候练丹青能挣钱，作品在市场上得到了认可，行情不错，母女俩都认为他是个成功的画家，迟早有一天会成为像齐白石、徐悲鸿那样的大画家。直到有一天，警察上门，当着母女的面把练丹青铐走。赵芳永远忘不了练小虹那惊愕的、恐惧的眼神，孩子的世界完全被颠覆了，自己引以为傲的爸爸原来是个骗子、窃贼。赵芳是个十分坚强的女人，她后来跟亲戚们说，她并不在乎练丹青赚不赚钱，什么日子她都可以过，她生气的是练丹青瞒了母女这么多年。令她果断离婚的是女儿所受的伤害，女儿不敢上学，因为同学们都知道她爸爸在牢里，之前她给爸爸制造的光环完全是个假象，她不但抬不起头，而且还会受到羞辱。赵芳让孩子休学，做了心理诊疗。医生认为，现在的环境会让孩子受到重复的刺激，导致病情反复。赵芳是个要强的人，为了孩子，什么苦都能吃得下，痛定思痛，最后四处借钱，送孩子出国念书了。

"你有事吗？"赵芳冷冷地说，口气相当明白，她不愿意这个家还有他的踪迹。

练丹青从包里掏出一捆人民币，放在桌子上，"这是我给女儿的，五万。"

赵芳又是一声更冷的冷笑，几乎是嗤之以鼻，"你以为这能补偿对小虹的伤害吗?"

"补不了,什么也补不了,我知道。"练丹青叹了一口气,"她在外面上学,花销大,我想帮一点。"

赵芳把那捆人民币拿起来,正眼也不瞧,"谁知道这又是从哪里坑蒙拐骗来的,保不齐哪天警察上门,连我都一块儿带走。你还是拿走,别给我们带来麻烦了。"

练丹青辩道:"我现在走的是正道,收古玩卖古玩,这是正钱。"

"孩了的花费,我来操持,我不需要。"赵芳正色道。

"你别嘴硬了,我晓得你跟人借了不少,有的还在跟你要钱呢!"

"我跟谁借是我的事,总比跟你要钱强。我警告你,我不想让小虹见到你或者听到你的消息。什么叫杯弓蛇影,什么叫风声鹤唳,你晓得不?!"

练丹青低下头,这是他无法解决的矛盾。他既想有朝一日站在女儿面前道个歉,又不想让女儿再次受到自己的伤害。他抹了一把眼泪,"怎么说,她也是我女儿!"

赵芳最后把钱塞回他的皮包,把他像一堆垃圾一样推出门口。练丹青没想到自己的一张热脸贴了冷屁股，在门外不服气地叫道："她毕竟是我亲生的，这一点你得承认吧？"赵芳砰地关上门，懒得跟他磨叽。

练丹青知道自己是女儿的噩梦。出狱之后，一心就想赚钱来弥补对女儿的伤害，没想到这个机会都不给。他双手蒙住脸，让自己陷入黑暗，突然间朝着天空一声怒吼，喉咙里滚动着呜咽。一个上楼的大爷吓了一跳，以为他是个疯子，赶忙溜走。

6

练丹青像一只丧家之犬，惶惶然穿过东湖市场，穿过烟火弥漫的宫巷，路边有香火店、理发店、干货店，弥漫着咸咸的气息。他觉得肚子空，想吃碗面条，但是又觉得难以下咽，径直走到巷子尽头的"李云淡中医诊所"。李云淡医生正给一个病人把脉，朝练丹青点了点头，让他先到楼上坐。练丹青心照不宣，脚步也没停下来，到了二楼茶室，熟门熟路，自己先掰了一块"白牡丹"放进煮茶器，开始烧茶。李云淡注重养生，茶室里夏天是白茶，冬天是红茶。

如果说哪一个人可以和练丹青称为知己，那就是李云淡医生。两人是小学同学，性格都是内向文静，都是别的同学欺负的对象，不由得同病相怜、惺惺相惜。李云淡经营的是中医诊所，中医是家学，从他父亲那里传下来的。他真正的专业是考古，喜欢历史、风俗与考据，在当地的文物圈里是一个专家级的人物。有一次，中央电视台来当地做文物节目，请他作为解说嘉宾。在央视露面，在当地可是不得了的事，自此"一战成名"。他家里有"二柜"，一楼是巨大的中药柜，二楼是书柜，满满当当，他好购书，每年都要把不常用的书淘汰出去，乃一书痴。可以说，他是一个以医生为幌子的文物专家。虽然他对文物的痴迷花了不少精力，成了一个不称职的医生，常被老婆诟病，但是据说他倒腾和收藏的文物，也是一笔不小的财富。

病人退去，李云淡即刻上楼，看练丹青一副失魂落魄样，便问究竟。练丹青说，自己从监狱里出来，只想一门心思赚大钱，来弥补对孩子的过失。哪晓得现在赵芳连钱都不要，视自己为洪水猛兽，自己活着还有什么意义！说着，他把那摞钱放在李云淡面前，说："我思来想去，这事只有你能帮我办成。给孩子一点资助，让她在国外完成学业，是我活下去的动力。"李云淡笑了，"有钱了也烦恼。不过她的担心也可理解，你被抓之后，家里被警方搜查，她心有余悸呀。你要是放心我，以后给她们的钱就放在这儿，我想办法，她们欠着外面不少钱呢！"练丹青道："那就拜托你了。唉，更要命的是，她不让我哪怕跟女儿通一句话、看一眼，这可要了我的命！"李云淡道："这个慢慢来，孩子在成长，创伤在恢复，迟早会认你这个爹的，毕竟是你亲生的嘛。你尽管挣钱，不怕她不花，国外花销可大了。对了，看来你最近捡漏了，赚大发了。"练丹青低下嗓门道："不瞒你说，现在要干一票大的，路子不野，根本赚不到大钱。"李云淡道："你一说这个我心惊肉又跳的，当年你被抓了，我也是吓出半条命。"练丹青笑一笑，道："放心放心，吃一堑、长一智，当年我是失心疯了，现在是团队作战，我在幕后，稳坐中军帐呢。"

李云淡拿出一片陶器，喜滋滋道："你看，这是我收罗的一块黄陶片，有贝齿纹，这是典型的'壳丘头遗址'的东西，可以看出七千年前的岛上先民的制作工艺，令人赞叹呀！"壳丘头遗址是福建省最早的一处新石器时代遗址，代表了七千年前先民在海岛栖息繁衍的历史。遗址在五十年代被发现，一九八五年发掘，出土了打制石器、磨制石斧与石锛、骨匕、陶片等文物。练丹青看了看，道："这个不值钱吧。"李云淡道："这个不是值钱不值钱的问题，这个要看文物价值。"李云淡炫耀了自己的宝贝，又说："乔教授的追悼会我去了，以为会碰见你呢。"练丹青眼里有一丝惊慌，"乔教授高风亮节，桃李满天下，我这有污点的人，去了怕玷污他的名声。"李云淡道："唉，怎么说呢，想不到他会这么快走掉！"

李云淡的老婆仙香在楼下叫唤，是有病人来了。李云淡移步下楼，道："你喝会儿茶，一会儿吃了饭回去。我最近读的古籍里，对咱们这里的航海文化，有新的发现，还要跟你说道说道。"练丹青道："怪麻烦你的。"李云淡道："说什么见外话，你我之间，需要在乎一顿饭吗？"练丹青心照不宣地笑了笑，独自品茶。

正是满水时分，榕树下海坛镇码头，像一个奶水充足的少妇，哼着浪里个浪的小曲儿。几十只入港的渔船，在水面轻轻晃荡，宛如入睡的婴儿。

一阵马达声，池木乡和少林的渔船入港了。刚刚准备熄了马达，池木乡马上看到一辆边防派出所的巡逻警车，而车上下来的警察，也似乎将目光投到了这个方向。少林看见了警察，低声道："赶紧跑吧！"池木乡丝毫不乱，狠狠地瞪了他一眼，闷声道："慌什么慌，这么胆小就别干了。"少林忙表白道："我慌？笑话。我是怕你麻烦。"池木乡压低声音道："你就别吱声坏我事，什么麻烦都没有。"

警车下来的，正是副所长钟细兵和民警小龚。他俩在码头上巡视了一番渔船，眼光如同探照灯。这些船只的老板和船号，他们甚至能背得出。这些船出海，打鱼，卖渔获，船员的行动，他们瞅一眼，就能看出正常与否。倘若有走私、偷油、盗捞什么的，那种鬼鬼祟祟的气味，他们也能闻得出来。

他们走向池木乡的船只，这表明他们闻到了不一样的气味。池木乡低着头，但是余光已经扫到警察走过来了。他低声吩咐少林："你就当哑巴，懂吗？！"少林虽然不服气，鼻子哼一声，算是默许。危急时刻，他第一次感觉到池木乡身上被激发出来的狠劲。

"船是你的吗？"钟细兵朗声问道。

池木乡斜了他一眼，闷声闷气道："借老六的船，有问题吗？"

钟细兵道："难怪我看着不对劲。对了，干吗用的？"

池木乡道："打鱼呀，还能干吗？！"

钟细兵不再追问，把目光投向少林。少林低着头，傻乎乎地，在抠自己的脚指头。在池木乡的警告下，他横下一条心：装傻，装哑巴，什么都不知道——少林聪明，装傻并不费劲。

钟细兵朝小龚使了使眼色，小龚明白，一步跨到船上，掀开甲板。因为舱内看不到任何东西，如果是打鱼的话，渔具和渔获应该在水舱里。

少林心跳加速，他不相信池木乡有本事躲过警察的质疑。他眼睛滴溜溜地转，随时准备跳水逃跑。

小龚掀开甲板，水舱里有氧气瓶和简易的潜水用具。空气一下子凝固了，谁也不敢第一个发声。谁发声，意味着谁沉不住气，先露了馅。

池木乡倒是大大咧咧，"看好了吧，我们要上岸吃饭了。"

钟细兵盯着他的眼睛，"你这有问题呀！"

池木乡摊开两手，道："行呀，有问题你抓我去坐牢呗，什么问题呀，我是偷砸抢，还是杀人放火了？"

池木乡虎视眈眈，有点反客为主的意味。少林一看，行呀，在警察面前，有把柄，还这么蛮霸，也没白吃过牢饭。这么一想，他身上也有了勇气。

"打鱼？网具也没有，渔获也没有，你当我们是瞎子？"

少林一愣，心都快跳出来了。早知道该弄张网当道具。他闭上眼睛，静静等待池木乡怎么圆场。

池木乡大笑起来，边笑边摇头，"你们好像对打鱼很熟悉似的，但你们下过一张网吗？现在近海打鱼还够得上油钱吗？那些下绝户网、违规打鱼的人呢，你不抓，却跟我们过不去。"

"别转移话题，你自己说的去打鱼，渔获、渔具都没有，是什么意思？"钟细兵厉声问道。

"网鱼网不到钱了，我们是挖深海鲍鱼的，渔获在草屿岛给贩子收了，现在我们要去美美地吃一顿。你要是觉得我们有问题，先带我们去吃一顿，再带到所里。要砍要杀由你们，但是先吃饱了再说。"

池木乡熟悉本地渔民的劳作，编出托词绰绰有余，况且船上也没有任何文物，因此一副有恃无恐的样子。

钟细兵觉得有异,但是对方的讲法也说得过去。没有证据,自己没有任何行动的理由。现在只有一个突破口,他犀利的眼神刺向少林。

少林能够感受到钟细兵的目光,吓得一激灵,低着的头更低了。

"嘿,你是去挖鲍鱼的吗?"钟细兵吆喝道。

少林谨记一条,不吱声,所以横下一条心,专心致志地装傻。他斜斜抬头看了一下钟细兵,翻了一下白眼,口水顺着嘴角流下来。

"他是个傻子。"池木乡道,"你们如果不请我吃饭,我们就自己去喽!"

钟细兵看了看四周,"没什么问题,打扰了,我们走吧。你们去深海挖鲍鱼,也要注意安全。"他知道看不出究竟,即便有问题,也不便打草惊蛇。

少林看他们走远,这才擦去了嘴巴上的口水,长长舒了口气,恢复了机灵样。

池木乡道:"装傻你还行!"

少林道:"大哥,你装狠更行!"

池木乡踹了少林一脚，少林一个趔趄，差点掉进水里。

"谁他妈说我装狠，我是真狠！"池木乡骂骂咧咧。

"是真狠，可别对我真狠呀！"少林哭丧着脸抱怨。

"不狠点，你能服气吗？"

"我服，我服，赶紧美美地吃一顿，我才有力气服！"

两人先找了一家码头馆子吃饭。少林在船上待了一天，像个饿死鬼一样，抢着点菜，"大哥，咱们该好好慰劳下自己，压压惊。"说着点了九节虾、荔枝肉，又点了酒。池木乡道："你吃个饭也搞那么隆重，今天一个屁也没捞着，还没到庆功的时候！"少林道："咱们辛苦了一天，吃好喝好才能干活呀。再说了，那天给老板捞了那么多瓷器，咱们又不缺钱了。"池木乡压低声道："胡说，那些瓷器不值多少钱的。"少林撇撇嘴道："怎么就不值钱呀，那个教授下巴都惊掉了。"池木乡警告道："我说不值钱就不值钱，你别多嘴。咱们干的这是见光死的事，你那嘴巴给我拴牢点，要不然小命会没的。"少林道："行，我不说了，我嘴巴光用来喝酒吃饭，吃爽了了事，这总行吧？"少林在海底下，干的是苦力活，自己觉得功劳颇大，按功论赏，吃起来特别凶，一条条大虾被五马分尸，留下一桌子残骸，有吃完了就去死的豪情。吃完了，他跟池木乡要钱，说去街上逛一逛。池木乡晓得他想去城隍庙赌几把，又警告道："少林你给我听着，我们现在还没到享受的时候，你是辛苦，但是你捞了一天连跟毛都没捞出来，享受个屁！"少林道："亏得没捞到，现在要是捞到，不得给公安揪住了！"池木乡道："一码归一码，公安我来对付。赶紧跟我回去，老板要过来开会。"

老板，就是练丹青。两个人刚回到海洋宾馆，练丹青就来了。平日里，练丹青对池木乡是尊重的，但在这件事上，练丹青是行家，一切得听他安排，因此池木乡恭恭敬敬。三个人开了个小会，池木乡汇报了今天探海的情况，他们主要在碗礁的预定几个点上勘探，但是在二十多米深的海底下，能见度不高，勘查的面积很小，真的有海底捞针的感觉。少林脑子里有了主意，说如果想找出来太难，不如就用拖网，能拖到一件是一件，既然渔民用拖网能拖出来，我们肯定也能。练丹青打断了少林的话，这种毛头小子，想的都是损招。练丹青再次强调，碗礁那块地方肯定有宝贝，要不然渔民不会一而再，再而三地捞到碗。国外有专门的海底探宝团队，人家有大船，有专业人员,有海图资料,还有声呐技术,就算这样还要花费几个月才能找到,咱们凭借的是土经验,找几天就想找到,简直做梦。一般来说,沉船数百年后,至少会有两米以上的淤泥覆盖,没有专业设备,很难找到。但是,既然有渔民能用拖网捞到东西,说明沉船的某些部位已经露出海底,甚至肉眼可以看见,这种地方如果找到,只要用铁耙等工具,就可以挖出来。我们界定的范围,不会大,可以花几个月时间找,只要一找到,我们一辈子都不用干了,何乐不为?"

少林被说得脸一阵红一阵青,他不甘心做个多余人,又找了个话题质疑:"这事靠谱不靠谱呀?上次我们捞了那么多卖给教授,都说不怎么值钱,那你这次怎么就能确定?"池木乡呵斥道:"老板说不值钱就不值钱,哪有你说话的份儿!"池木乡凶神恶煞起来,像张飞般怒目圆睁,少林又害怕又不服,嘟嘟囔囔道:"我连问都不能问,还算团队的一分子呢,我到海底吭哧吭哧地摸,要是连摸的东西值不值钱都不晓得,还摸个屁!"练丹青怕团队不团结,队伍不好带,但说专业知识又怕他不懂,便和颜悦色道:"福州城西门藏天阁,你应该听说过吧,著名的古玩街,有一个老板叫郑国风。他有多大的财力知道不？他铺里的寿山石随便拿一块，都是几十万的。他呀，跟我说，如果那个盘子是完整的，他现金给我五百万没问题，回头他赚得比我们还多。他国内国外渠道都有，你就什么都别想，好好干活去吧。"他拍了拍少林的肩膀。少林觉得找回了面子，道："你这么说，我就明白了，不愧是专家！"

池木乡又说了刚才被公安查问一通，有惊无险的事。也还好，今天没捞到瓷器，要不然还被活捉了。比较奇怪的是，往常巡逻不会这样，都是看有没有疑似走私的物品，现在气氛好像紧张多了。练丹青说，也许查的就是盗捞。因为最近北京查到一个文物走私案，物品就是来自这里的海捞瓷，转手到北京潘家园等地。公安部门应该有命令下来，让地方公安严加看管，开展保护海底古船的反盗捞行动。

三人一商议，定下方案。第一，以后不从码头上岸，从村庄澳口上。澳口，就是一种简易码头，一般的临海村庄都有。澳口只有在潮水满涨时分，船只才可以上岸，所以上岸的时间要踩准。第二，继续招靠谱的"水鬼"，加大搜索力度。第三，池木乡建议，换一艘"大飞"来运作，这是之前他提议过的。所谓"大飞"，就是专门走私用的改造后的小艇，基本上配备四个马达，水上时速可以达到九十公里。这在水上是个极度危险的速度，一旦碰上障碍物，马上船毁人亡。但是对于走私、盗捞来说，这也是个安全速度，一般的小船和小艇，时速在二十多海里，"大飞"可以远远把他们甩在身后。也就是说，有了"大飞"，在海上可以肆无忌惮，无法无天。池木乡对此念念不忘，就是因为他觉得上次如果有"大飞"就不会被抓了。练丹青同意了这个方案，但做了改动，真正的"大飞"太醒目，哪个渔民也不会用来打鱼，他要用渔船来改造，加强动力，做一种"土大飞"。既能提高速度，又不碍眼。他从乔教授那里捞到一桶金，可以投资这个事。工欲善其事，必先利其器，这个道理他懂。

7

经过昨夜的大风，今天海面颇为平静。海像一面巨大的蓝镜子，天空也像一面巨大的蓝镜子，中间空空荡荡，世界返回最初的一无所有，无牵无挂。

"土大飞"开出澳口后,渐渐加速。池木乡把速度加到四十海里,已经是风驰电掣,耳边海风呼啸,海面如同一个没有任何限制的赛场,灵魂都要飞起来了。少林举起双手,朝着远处大声呐喊,发泄自由自在的快乐。池木乡骂道:"鬼叫什么呀,没见过世面!"少林知道池木乡在骂他,但风太大了,听不见。池木乡警惕地眺望海面,其实如果没有特殊的案件,海面上是不会有巡逻艇的。最多就是休渔期,渔政的巡逻艇会过来,看看是不是在打鱼。现在的海面,跟草原一样,是最安全的了。少林叫道:"大哥,多跑两圈。"池木乡对"大飞"的期盼由来已久,仿佛是加了两扇翅膀,他比少林更愿意纵横驰骋。

先是少林瞅见的,远远两个黑点,叫道:"大哥,有货!"池木乡也看见了。俄而近些,少林又惊喜道:"是两个宝贝。"宝贝,指的是海上浮尸。海上若有人溺亡,依照习俗,拾掇了下葬,以后这魂灵就是你在海上的保护神,你在海上做任何事情,都成。

池木乡把速度放慢,靠近,瞅得细了,确实是两具浮尸,仰躺着,不晓得死了多久。但是又有一点异常,两句浮尸是连在一起的。少林伸出耙子捅了一下，浮尸动了，缓缓地伸出手，抓住耙子。少林吓了一跳，"大哥，是活的！"

被救的两人显然筋疲力尽，现在的动作很像树懒，费老大劲才爬上船。被弄上船后，累得话也不多说一句，喝了几口水，倒头就睡！

少林苦笑道："怎么办，摊上两个活人，还睡得跟死人一样！"

池木乡道："活人不比死人强吗？"

"强什么呀，还得送他们回去，咱们是正儿八经做海盗的，现在整成了学雷锋，这跨度不适应呀。"

池木乡哼了一声，"学雷锋，这种事情我一辈子都不会干。仔细瞅瞅，这俩虽然是活的，但也是俩宝贝。"

"大哥，你要把他们整死？"

"哎，你这个愣头青，我没事整死人干吗，有那么无聊吗？你看看这两个人，我们这大清早捞着了，至少在海上漂了一夜。这水性，只怕比你好吧，你要的，不就是这样的同伴吗？我们能白救他们吗？"

少林一听，恍然大悟，道："嘿，真是得来全不费工夫，看他们的肤色，我可以推论出他们必定常年在海上生活，你说我这个推理对吗，大哥！"

"推你个屁，一看就知道是附近的渔民，而且一定是父子，要不然不可能海水打不散的。"

这两人，真是老欧和船仔。他们确实在海上漂了一夜。

后来少林一直向船仔炫耀，道："船仔，要不是我这滴溜溜的贼眼，你们早就在海里喂鱼了。"船仔笑了笑，他常年在水里活动，淹是淹不死，但能累死！

老欧活过来后，朝海拜了三拜，拜谢了妈祖，又朝池木乡跪了下来，"你是恩人呀！"

少林也凑到池木乡面前，接受拜谢，"我也是恩人！"

船仔没有动，他不确定是否要这么做。老欧也拉着他一起跪下来了。

池木乡看着不情愿的船仔，冷笑道："怎么的，你是觉得不该谢我们？"

船仔迟疑道："不，我是很感谢，但是我想不一定要下跪吧？！"

"我们这两条命就是你们的,你们尽管吩咐!"老欧补充道。

池木乡浓眉一展,哈哈大笑道:"对对对,跪也没啥用,你就是膝盖跪破了,我也得不到一毛钱,别整这些没用的。但是呢,我也不能白救你们,不计报酬的好人好事,我是坚决不干的……"

"钱呢,我们一时也没有,但你说个价,要是我们能受得住的话,总能找到办法的。"老欧心想总是以钱换命,又怕池木乡坐地起价。

"跟你要钱,那不是我的作风。对了,你们水性应该可以吧?"

"有有有,我们除了水性啥也没有。"

"那就好办了,你们给我干一件事。完事了,咱们两不相欠!"

老欧想都没想,就成交了。池木乡把老欧和船仔扶起,他俩成了池木乡的"水鬼"。

对老欧父子来说,这倒是一个擅长的活计。老欧不到十岁就下海了,对海洋比陆地要熟稔。常年与海为伍,有时候在海上劳作一天，一个说话的人也没有，只有礁石、海浪，千百年不变地拍打着，底下掩藏着巨大的秘密，无声无息。他的人也跟礁石一样木讷、沉默、坚硬。相比而言，岸上生活的人情世故，对他来说更复杂。在海上漂荡的一夜，他筋疲力尽，脑海里就是"挺住"两个字。这朴实的两个字，使得他忘记了恐惧。对于船仔而言，深海潜水算是他的特长。用这个绝活换取救命的代价，简直是天意。

捡了老欧父子，池木乡算是捡到宝贝了。现在池木乡有三个"水鬼"在海底工作，而他在船上管理氧气瓶和固定船只方位。人多力量大，第一天便有收获。老欧出水后说，他看见一块海底有凸起，像个小山包。海底有这种地貌，不寻常，明天可以专门发掘这个地方。几天来的海底捞针，到现在总算有点方向了，池木乡终于咧嘴笑了。跟少林在一块儿的时候，他老是训斥他，狗嘴吐不出象牙。现在总算是可以谈笑风生了。

夜幕降临，他们从碗窑村的澳口上来，再坐车到县城来大吃一通。池木乡干了一碗酒，"都给我吃饱了，明天狠命地干，老板说了，这碗礁下面，就是一个海底银行，钱多了去，就看你有没本事拿！"

夜里，池木乡与老欧同一个旅馆房间，少林和船仔一个房间，毕竟是新入伙的，池木乡这么安排有点要分头看住的意思。老欧躺在床上，脑子总算缓过来，隐隐还有点担心，这活儿偷偷摸摸的，看着不像正经活儿，犹犹豫豫对池木乡道："你说咱们这事，政府不允许的，可是犯法的事，对吧！"池木乡鼻子哼一声，道："还没干两天，你就打退堂鼓了？"老欧忙辩解道："不是，不是，我是说这事，必定有风险，让公安逮住了，坐牢是必须的，这不是心里有个疙瘩吗？我在想，能不能让船仔回去，我指定帮你帮到底！"

池木乡从床上猛地站起，一把揪住老欧的衣领子。两人的块头相比，像是老鹰抓住麻雀。池木乡恶狠狠道："我救你们两条命，两条命都是我的，懂吗？"

"懂懂懂。"老欧连忙求饶。

"懂个屁，是的，咱们这事法律不允许，可是你掉在海里，法律会救你吗？要不是我们大清早来盗海，你还有命？现在你有命了，还来说盗海的不是了，你说你是人吗？"

老欧被说得哑口无言，只是一味认错。

池木乡见把老欧说得服气,脸色缓和下来。对他而言,驯服是最重要的。他意犹未尽道:"看你是老实人,我跟你说道说道。这海底宝藏,说是国家的,国家又不去捞,我们捞到了,又说我们是非法的。你说外国人捞到了,卖了几千万,国家也没辙,就拿我们撒气。老板说,咱们捞的东西,即便交给国家,藏在博物馆里,嘿,倒好了,那些领导什么的,就把那真品拿出去拍卖了,弄个赝品跟那儿展览。所以,国家的规定,都是让老实人去遵守,制定规则的人自己不遵守。你想想,我能当个老实人吗?他们乱规定,我们要是什么都要遵守,那还有活路吗?再说了,我们老祖宗把东西丢在海底,也没指定谁可以捞谁不能捞呀,咱们有本事,怎么就不能了?"

这一番歪理邪说,说得理直气壮,老欧毕竟没见过世面,当下觉得这件事似乎也说得过去,连忙附和。

"再说了,你这是还我救命的人情债,没有讨价还价的余地。但凡你以后退出一人,我就随时把这条人命取回来。"

老欧被连吓带劝一番,脸色煞白,不再有其他想法。

少林和船仔同住一间,少林在池木乡身边,是个懵懂的受气包。这回有个比自己还小的年轻人,很是受用。少林洗完澡出来，用吹风机吹头发，看着自己的新潮发型，颇为满意。转身推开卫生间的门，问道："我这个发型怎么样，有派头吧？"黄发刘海把他的眼睛遮住，头顶的头发烫得高高的。船仔正赤身裸体冲凉呢，一边捂住下身，一边看了眼他花里胡哨的发型，支支吾吾道："我也不晓得好看不好看，还是蛮派头的。"少林让船仔把手拿开，看了一眼，道："哇，你还没长齐，要努力哟！"

两人躺在床上，熄了灯，却没马上睡着。少林一直以船仔的救命恩人自居，在黑暗中吩咐道："你这条命可是我救的，以后要当我是老大。"船仔不置可否，却陷入沉思，嘴里喃喃道："我想如果你们没有救我们，我们应该也可以扛到岸上。我在海上漂了许久，思维进入另一种状态，就像动物的休眠。我尽量不动，减少呼吸，忘记饥渴，也不思考，把自己当成一截木头，在海上漂。海上的木头，最终都会漂在海滩上。所以，如果没有你们，我还是想挑战一下自己的生存底线。"少林一下子从床上跳起来，道："船仔，原来你是个忘恩负义的家伙，我救了你，你还吹牛！"

船仔吓了一跳，道："你别激动，我肯定记住你的救命之恩，或者说，我欠你一个人情。我只不过有一种冲动，想挑战一下自己的生命极限，那是个很好的机会。"

"挑战极限，很容易，就是咱们到水底去，看能不能找到宝贝，其他挑战都白瞎。"少林转移话题道，"对了，你知道咱们要找的宝贝价值多少吗，上千万，比银行的金条还值钱。名字叫什么元青花瓷，我也不晓得这鬼东西怎么会那么值钱。"

船仔对于金钱没有概念，一万和一千万，他都没见过，也没什么区别。

少林见他没兴趣，便问道："你说咱们分到钱了，你最想干吗？"

"我不分钱，我是来报恩的。"

"那不行，报恩是一回事，捞到宝贝了，肯定有你们父子一份，这个我必须跟老大提。"

"不可能要的，那样等于说我还欠他人情！"

"嗨，你真是太轴了。我就问你，有了一大笔钱，你想干什么？"

船仔在黑暗中想了想，道："买条船吧，大一点，至少两个发动机，可以到更远的地方去！"

"有那么多钱了，还打鱼？瞧你这出息劲！"少林哈哈大笑，第一次找到了优越感，好像在笑一个傻子。

"打鱼不打鱼无所谓，就是可以更自在，可能到鲸鱼出没的地方。"

"哎，好玩的地方是陆地，不是海洋。"少林胸有成竹道，"你常年待在岛上，待傻了，到时候我带你去城市里耍耍，你可就开眼了。"

"那你说说，你有钱了最想干什么？"船仔问道。

"唉，你毛都没长齐，给你说你也不懂。"少林叹了一声，似乎有心事，"实话告诉你吧，我会花在女人身上。我喜欢一个女孩。我已经够帅了吧，你看我这发型，甩几条街，可是帅不管用呀，我想来想去，还是钱的问题。再帅，没有一条大金链子，我的帅就不会发光。如果我有一部手机，站在街上打个电话，就能把女孩子吸引过来。再说，她喜欢上我了，我还得有十几万彩礼，没彩礼人家父母亲不撒手呀。我想通了，光帅没用，关键的问题还是钱，我干这一票，要一条龙解决所有问题！你说，我这个想法对吧……"

少林滔滔不绝，但是船仔没有回应，已经响起轻微的鼾声。少林一把把他摇醒，"船仔，你对我不够尊重呀！"

船仔嘟哝："先睡觉，醒了再尊重好吗？"

次日凌晨，"大飞"从岸边出发。朝阳在海面升起，平平投在海水中，蓝绿的海水，金黄的曙光，在波浪中融合，海面像打翻了调色盘。船只前行，像一支狂乱的画笔，马达声犹如奏乐，水痕绘出印象派的迷离效果。而船上的人影，则是海的灵魂。

船只在指定的地方停下，抛锚泊船。画面定格下来，一幅多么写意的渔舟朝霞图。

也许是对此情此景的赞叹，船仔不禁在船上一声长啸，他很想纵身一跃，与海水融为一体。池木乡吼道："鬼叫什么，赶紧穿上装备！"船仔兴致被打断，狠狠地盯了池木乡一眼。即便如此，他也是没有办法，只得戴上蛙掌、护目镜，嘴里咬住呼吸管，把另一端连在氧气瓶上。池木乡盯着他，叫道："怎么啦，你还不服气，你以为来海上旅游的！告诉你们，今天捞不着东西，就别上来！"少林和老欧早已习惯了池木乡的颐指气使，船仔咽不下这口气，气咻咻的，站着不动。老欧怕出事，拉着船仔跳下水。但是船仔不乐意，在水里扑腾几下，又爬上船。老欧赶紧跟了上去。池木乡气坏了，拳头攥得紧紧的，只想教训他一顿。

"我不是你的奴隶，你不能那样命令我！"船仔的眼睛与池木乡对视，一字一字道。

换作平常，池木乡早已经拳头伺候，不过现在在海上，心中装着探宝的事，池木乡看船仔像头倔驴，还是把拳头缩了回去，沉着脸道："你想干什么？"

"我要你收回那句话。我只是在帮助你做事而已！"

池木乡深深地吸了一口气，"好，你说的，你必须帮我做事，你必须拿出成果来，其他的都是废话，可以了吧？！"

老欧知道池木乡在忍，他怕池木乡一爆炸，船仔的小命要没。他再次一把把船仔拉下海，扑通一声，水面激起两朵浪花。

斗气的事告一段落。三个"水鬼"，带着铁耙，潜到十几米深的海底，对着凸起的部位开始挖掘。表层是淤泥，挖掘之后海水变浑，三个人视线模糊。事先老欧做了部署，不管如何，就从凸起的地方挖下去，看看到底怎么形成的，除非是岩石打不下去。还算顺利，挖开淤泥层后，下面是预想中的珊瑚板结层。珊瑚的板结层，在昏暗的水底，如果只用手探触，会以为是石头，就会无功而返。但老欧在探触之后，朝他俩竖起大拇指，这个手势证明在他的预料之内，可以继续开挖。

　　船仔到达水底之后，心情平静下来。是的，水底有这样的一种功能，你可以忘记烦恼，专注于眼前。关于海底的秘密，这倒也是他想知道的。

　　池木乡在船上，一边看着水里冒出的水泡，一边观察海边的状况。他感觉自己像个牧羊人，放牧着三只羊，是的，自己现在拥有三只羊，收获就靠这三只羊了。虽然其中的一只令他不快。船仔跳下水的时候，他狠狠地骂了一声：狗日的，非教训你一顿不可！但终究这三只羊是替他干活的，他怀抱希望。练丹青曾说，这海底银行，需要的就是一把钥匙，咱们没有实力用声呐系统探测，靠的只能是经验和对这一带水况的熟悉程度。老欧会是一把好钥匙吗？如果是的话，这实属天意。他瞄见远处有一艘船，赶紧掏出望远镜观察。他看一眼就知道，那是过路的轮船、渔船还是巡逻船。若是巡逻船过来，他就会拉动氧气管,让老欧他们上来撤离。为安全起见,现在勘探阶段都是白天行动,因为海底需要光线;等确定开始打捞,则必须晚上来,自带水底光源。这也是老练的要求。若不是要掌控全局,池木乡真的想自己下水探一番究竟。

池木乡的水性相当可以。小时候他皮得很,小祸大祸都敢惹。有次被他爹追到码头,无路可去束手就擒。他爹把他拦腰抱起,一整个扔到海里。扔了几次后,他的水性越来越好,再被追到码头,不动了,好像等着被他爹扔水里。他爹气急败坏,在他身上绑了一块石头,扔下去,说这天杀的,我不要了。他还真的差点被憋死,还好把石头挣开,好不容易浮上水面,才晓得他爹真的动了杀心。他骂道:"老不死的,你真的想搞死我!"他爹也骂道:"你要死了我就不用赔人家房子了。"原来是他把别人的房子烧了。

水面上一阵涌动,是少林上来了。他上来报喜,道:"大哥,发财了发财了,有东西。"原来,他们用铁耙子刨开二三十厘米的板结,里面是空的,布满了结构松散的珊瑚砂。在刨开的洞口发现了一截布满硬质钙壳的东西,可以断定是木头,也可以断定是人工遗迹,但是难以撼动。池木乡一听兴奋了,忍不住叫少林在上面望风，自己带着一把渔刀，一头扎进水里。他宛如神牛入水，又天生大力，下去又砍又拽，弄了一截木头上来。

这一收获打消了原来的不快，四人鸣金收兵。上岸后，池木乡马上将这截木头送给练丹青。练丹青曾指示，搜到任何可疑物件，先送过来，再做分析，寻找进一步线索。池木乡没文化，但对练丹青这一套言听计从。

趁着池木乡离开，三个人夫一家饭馆吃海鲜面。少林颇为兴奋，他感觉离宝贝更近了一步，发财的日子近在咫尺。池木乡离开的时候，他邀功道："今天有收获，给点银子庆祝一下。"池木乡乜斜了他一眼，拿出三百，道："还没到庆功的时候，你们吃饱就是！"这钱付了海鲜面钱，还富余两百多块，少林道："船仔，我带你去见见世面！"船仔似乎有心事，道："我跟我爹说说话，你去吧！"少林也不勉强，自顾自朝城隍庙方向去了。

船仔把最后一点面汤倒进喉咙，把碗里东西舔个精光，道："爹，我想回家！"

老欧皱了一下眉头，他何尝不想让船仔回家，但这可不是说回就能回的。

"哎,咱们要履行承诺,毕竟有救命之恩,这个你是知道的。"

"我晓得,但是我到了水底,感觉有个声音跟我说,回家吧!我觉得说得对呀,我干吗要去做自己不愿意做的事呢!"

"现在不是愿意不愿意。咱们呢,有这一劫,必须还这一劫,救命的机会是我跟妈祖娘娘求来的,咱们不能让她为难!"

在海上漂流的一个夜晚,老欧心里不断地向妈祖祈求,为孩子求一个生存的机会。

"报恩的机会有很多,未必一定要帮他干这种事呀?以后他掉进海里,咱们也可以救他!"

老欧笑了起来。孩子太幼稚了,根本不明白其中的利害关系。他苦笑道:"你听我说,咱们答应什么事,现在就得干什么事,不能讨价还价,不能偷梁换柱,否则老天爷也饶不了我们。"

老欧故意说老天爷,实际上指的是池木乡。池木乡警告,谁走了,我就把他的命要回来,这种事,他是干得出来的。但老欧不能跟船仔提到这个,这会造成更大的混乱。

"你老是老天呀妈祖呀,拿他们来吓唬自己。"船仔反驳道,"我反正要听自己的。"

这对父子的争论,吸引了别人的注意力。老欧脸色沉了一下,压低声音道:"你如果还是我儿子,就听我的,还没到你造反的时候,懂不?!"

船仔还从未见过老欧脸色这么严肃,那严肃里有他的苦衷。船仔不说话,一脸不服气的样子,却不敢发作!

船仔闷闷不乐,身上像勒着一根绳子,硌得慌,翻来覆去的。等到半夜,少林回来了,拉开灯,坐在床沿,像被霜打了的茄子。他叹了口气,道:"差一点就成了,不晓得运气被什么给偷走了。"又责怪道,"船仔,你怎么不安慰安慰我呀?"船仔揉着眼睛,皱着眉头,不晓得安慰什么。原来少林是去城隍庙赌钱,本来想靠两百块钱做本钱,赢到两千块就可以买手机,结果赢到一千二的时候,形势急转直下,输了个精光回来。少林脑子里在复盘,长吁短叹。船仔道:"这有什么烦恼的,不是赢就是输,很简单的。"少林道:"傻瓜,我是想赢,不是想输。"船仔道:"那就跟你只想活,不想死一样,你根本做不到。你去做本来就做不到的事，就是自寻烦恼了。唉，我的事才是真正的烦恼。"少林道："你乳臭未干，有什么烦恼的。"船仔道："我不想干，可是我爹不让我走！"

少林一听，忙劝道："你真不懂事，这事成了，咱们什么烦恼也没了，想着临阵脱逃干什么？"

"我也想，办完事，还完人情，可是我一到水底，就感觉有个声音，告诉我这事不能干，那个声音像个石头硌在我心里，我难受呀！"

"海底有什么声音，你是见鬼了？"

"不是，是从我心里发出的声音。"

"靠，你净说说不明道不清的事，搞得我头疼，我就告诉你，等这事成了，分了钱，我带你去过下有钱人的生活，什么乱七八糟的烦恼都没了。"

船仔翻个身，指了指自己的胸口，摇摇头。少林警告道："你可别有走的想法，池木乡可饶不了你。"船仔哼一声，道："他又不是我爹，我怕他干吗？！"

在船仔心里，池木乡虽然可怕，但只要不是自己的爹，都是有理由抗拒的。越聊下去，少林便越觉得船仔的倔强，便附在他的耳边轻声道："你要是轻举妄动,别说池木乡,连我也饶不了你,你在海上躺尸,是我给你钩上来的!"

8

练丹青戴上老花镜,一看木头被白色钙质包围,但边缘处又有榫卯结构,便晓得不是一块普通的浮木。当下急忙送到李云淡处研究。李云淡这个古物痴,一看练丹青送来包得严严实实的东西,随即丢下看病的客人,上来查看,第一眼便叹道:"有年代,有工艺!"听了练丹青的陈述,他陷入沉思。楼下夫人仙香叫道:"云淡,客人等着呢,你就是拉两泡屎也该拉完了。"李云淡思绪被打断,慌慌张张下去,道:"着急什么,没那么急的病!"

这个中医诊所,明着是李云淡行医,实际上是夫人仙香操持着。李云淡爱玩,听得哪里有古物出土,哪里老宅又发现文物,哪里古道又发现石刻,便慌慌张张背着相机出去看。夫人既当护士,又管着李云淡,又安抚着客人。要是没有夫人,这个诊所就有一搭没一搭的，估计要凉。

李云淡伺候好几个病人，又上来，沉吟道："按你的说法，如果是沉船的话，这个位置应该是桅杆位置。按理说，桅杆应该是粗大圆木，不能成块的，难道这不是沉船？"练丹青道："这明显是块有工艺的木头，海里不是沉船，难道还有其他的东西？"李云淡道："考证重要的是有理有据，我还要查下资料再做结论。"仙香又在下面叫道："云淡，你这药店是想开还是不想开呀，客人是衣食父母，不是乞丐。"李云淡屁滚尿流地应承马上下来，对练丹青道："你先坐着，喝会儿茶看会儿书。"练丹青道："我要是不走，仙香也要赶我走了。"李云淡道："她就那德行，生意看得比什么都重要。你别走，一块儿吃饭，我有要事跟你说。"把练丹青摁到椅子上，慌里慌张下去了。

练丹青在书架上找到一本画谱，翻了翻，有一幅兰花的画儿引起他注意。他忍不住用手指在空气中临摹几笔，俄而想起什么，突然停住，把手指缩起，一拳砸在墙上。他闭上眼睛，脑海里浮现出父亲生前对他的告诫：不要再画了，要忍不住，就把自己的手剁掉！他闭着眼睛，沉浸在往事之中，眼泪悄悄从眼角的皱纹里爬了下来。

每次来李云淡这里，蹭饭就是必须的，这一点仙香倒是热情。练丹青现在孤家寡人的，像一头孤狼，仙香会多做一两个他喜欢的菜。吃饭的工夫，李云淡才有时间跟练丹青闲聊。李云淡道："我还是第一次见到不要钱的女人，赵芳呀，真的是固执。我跟她说，这钱从我手上过，没问题的。她还是信不过，说要用清白的钱。丹青，你说，这钱没问题吧？"练丹青道："倒腾古玩赚的钱，能有什么问题，是她的心理有问题。唉，我怕孩子在国外没钱花，受委屈了。云淡，这事还得靠你。"李云淡道："没问题，反正你信得过就存我这儿，哪天她开窍了我就给她。"仙香道："唉，也怪你呀，你进去了，她们母女俩不但生活上受煎熬，更重要的是心理折磨，都不敢抬头见人。这也许是一朝被蛇咬十年怕井绳了。"练丹青心有愧疚，嚼着嚼着饭就吞不下了。李云淡道："别提这一壶了，好好吃饭，什么事也没有把肚子搞饱了重要！"

李云淡连轴研究几个晚上，翻了许多书，才晓得来由，拍着自己的脑袋道："以后谁要说我博闻多见，我真要钻地底下了，绕了一圈，这截木头就是桅杆的木头呀，下面肯定是一艘沉船了！"在没有造船经验的人看来，桅杆是根大木头制成，这是想当然的。实际上，往往没有那么大的木头，船只的桅杆是由数截大木头，根据榫卯结构拼接而成。被海水侵蚀后，榫卯部分脱落下来。这截木头榫卯部位清晰。根据纹理，应该是松木。

可以确定是艘沉船，这个消息对大伙来说是个兴奋剂。练丹青对池木乡道："米已经在锅里了，就看你能不能煮成熟饭。"池木乡拍胸脯道："放一百个心，我们几个，在海底比地上更能行，你去谈好买家是要事！"

池木乡虽然信心满满，实际上并没那么容易。这艘沉船的主体部分，被数米的泥沙覆盖，被二十多厘米的珊瑚板结保护。可以说，这些板结，无意中保护了船上物品。但同时在海底，想突破淤泥和板结，光凭人力，没有现代化工具，也是蚂蚁撼树的工程。

钟细兵回到所里，人瘦了一圈。所长马铜镜不搭理他。马铜镜是老所长，从新兵一步步上来的，自有老一套的下马威。钟细兵是院校来的，路子不同，本来就有隔阂。钟细兵不服，质问道："我请了假，也把自己的替班工作安排得好好的，什么都没落下,怎么就犯了你的虎威了?"马铜镜哼的一声冷笑,道:"亏你还穿着这身制服,公安的天职是什么,你做到了吗?"钟细兵梗了梗脖子,道:"我知道犯了一点小错误,这不是跟你道歉来了吗?你看,我还带了钱,红通通的人民币,准备下班后请你搞一顿,负荆请罪,有诚意吧?"

马铜镜道:"你别来这一套,把社会习气带到所里。你在开展任何工作之前,先给我写份检讨书,详详细细地写,错误认识不到位,就别跟我面前瞎搅和。"钟细兵皱眉道:"所长,你又不是不知道我,我这人有文字恐惧症,一写字就头疼,你还是让我给你磕头算了。"马铜镜撇嘴道:"你不是院校毕业的吗,你不是有文化吗?连检讨书都成问题。你不写是吗?以后天天这个老师生日、那个老师忌日,请假请得起吗?"钟细兵道:"行行行,不过你先听我讲个故事,听完也许你就不会叫我写检讨书了。"

钟细兵开始讲乔教授的故事。从自己去乔教授家送礼开始,讲着讲着,眼睛就湿了。他强调,乔教授是自己唯一需要请假去送的老师。马铜镜听了,脸色缓和下来,道:"那也得写检讨书。"钟细兵道:"行行行,检讨书是个大工程,我缓一缓交给你。现在有件要紧的事，就是我想申请在咱们所里专门成立一个反盗捞海底文物小组，我来牵头，好好抓一抓！"

马铜镜皱眉道："你事儿怎么这么多。现在这么紧张，走私抓也抓不完，还有岛上纠纷、渔排纠纷，我们二十来号人，已经吃不消了，你还来多事。"钟细兵道："还真不是多事。我私底下了解清楚，现在盗捞还是挺严重的。"马铜镜道："我不反对你抓盗捞，但是这个跟抓走私可以合并在一块儿，不必另立名目，该巡逻的地方就巡逻，该抓的人就抓。"钟细兵辩驳道："可以。不过这一块比较特殊，也比较专业，不独立起来，效率不高呀。"马铜镜摆了摆手，道："去写检讨书，别给我整没用的。"

马铜镜去市局开了一个会，回来后态度大变，把钟细兵请到办公室，一脸严肃又特别慈爱地问道："你小子告诉我，是不是上头有什么天线？"这下把钟细兵问蒙了，抬头看了看屋顶。马铜镜道："你是不是装傻呀，没有天线，你怎么提前晓得上头要搞反盗捞专案行动，你小子是不是借着请假去搞情报了？"钟细兵委屈地说："丧事处理好，我就火急火燎地回来了，哪有工夫搞什么情报。所长你最近是不是谍战片看多了。"

马铜镜道:"好,就算你神机妙算,先行一步。我现在就成全你,公安厅下来指示,要厅、局、所相互配合,成立专案行动小组,打击海坛海峡盗捞分子。你说你有门路,就派你配合这个专案行动吧!"钟细兵一拍脑门,喜道:"天助我也,我想搞这个事,厅里、局里都派人增援我了。"马铜镜给他脑袋一个"爆米花",道:"嘿,给我注意点,别没大没小,是你配合厅、局里的行动,不是别人增援你。"钟细兵道:"一个意思嘛。对了,所长,我现在没工夫写检讨书了,就取消了吧?"马铜镜一瞪眼:"还讨价还价。告诉你,现在你是穿长裤放屁——兵分两路,一面配合省厅的专案行动,一面履行副所长职责。立了功,就扯平了,要是没有好的表现,给咱们所里丢脸,到时候两份检讨书一块儿写!"

北京一宗文物要案,牵涉到福建沿海的海捞文物。警方发现,一伙盗捞分子在福州、泉州、漳州一带海域活动。这是海上丝绸之路的起点,有多处古代沉船的遗迹。盗捞分子显然对这一带有所研究,摸清了遗迹位置,特别是海坛海峡沉船文物,已经得手了。目前警方希望顺藤摸瓜,找到盗捞集团,但是倒卖分子有反侦察手段,线索到中间断了。北京方面连线省公安厅加强源头破案，止住文物流失的势头。丁厅长在动员大会上强调：海坛海峡，乃至整个台湾海峡，是海上丝绸之路的主要通道，从泉州、福州出港的古代商船，往南经南海诸国，穿过印度洋，进入红海，抵达东非和欧洲，途经一百多个国家地区。往北呢，夏季运送砂糖等物资，乘着东南风北行，冬季北方的商船，运送棉花等物资往南。海上丝绸之路兴于唐宋，转变于清明，根据有关部门探测，光海坛海峡就有海底沉船十九处，年代从晚唐五代至明清，是不可多得的海底瑰宝。从八十年代开始，一些渔民在捕鱼作业中捞到海底文物，盗捞分子闻讯而至，文物受到很大的破坏。可叹的是，这些渔民并不认为盗捞文物是犯罪活动，甚至加入盗捞行列。所以，我们成立省厅、县局和基层派出所联合专案组，要打一次漂亮的海底文物保卫战，同时也是一次普法保卫战！

专案组现在面临的困境是，目前所获得的信息比较分散，难以形成有效的证据链。而原来围聚在海坛海峡的盗捞分子，可能已经闻讯偃旗息鼓。

钟细兵向专案组表示，给他一点时间，肯定能找到突破口。他让干警们加强对码头、澳口的巡查。根据线索，盗捞分子一般在平潮时分下海工作，涨潮从澳口上岸。这时候的巡查，不能是普通的巡查，必须有蹲守的意思。如果是盗捞分子，上岸时会很警觉，查看无人后，才会让文物上岸。这些文物一般用泡沫箱密封，比一般物品要慎重，只有蹲守，才能人赃俱获。同时，钟细兵决定从练丹青身上找出突破口。练丹青设局，干得漂亮，没有留下任何把柄。也因为涉及乔教授，钟细兵不愿意拿这件事开刀。但他相信，练丹青还会玩下去，还能顺藤摸出更大的瓜。

9

专案组最年轻的女警官郑天天，三十岁刚出头，一身警服清爽利落，仍掩不住妩媚清秀。第一眼见了，就有点面熟，但仔细一看，却是没见过的，才晓得她是准明星脸，李嘉欣、钟丽缇、范冰冰，都像一点。钟细兵就想，这哪里是警察，这种人该去电影片场而不是来专案组。但不晓得她是什么底细，也就不多想。

郑天天自己要求跟着钟细兵去码头澳口巡查，钟细兵一皱眉，摇头拒绝，好像在拒绝一个无用的跟屁虫。郑天天马上变了脸色，问钟细兵是不是看不起她。钟细兵这才晓得，自己直来直去，实在是极大的不礼貌，在基层跟小伙子们在一起干久了，就形成这种风格。钟细兵连忙解释："不是看不起，是太看得起了。你看，你这一身，光彩照人，一站在码头上，就吸引眼球。我们是蹲守，打扮得越普通越好，最好跟渔民差不多，最好让人家都懒得看我们，但你这是去走秀呀！"郑天天道："那还不容易，我扮丑些不行吗，到时候我也不穿这衣服呀？"高副厅长是专案组组长，微笑道："钟细兵同志，你就带郑天天去做点基层的侦查工作，她是高才生，有一身的本事，可有用了，你可别把她当成花瓶了。"钟细兵点头道："我没小看你的意思，因为这些工作我们都是大老爷们一起干，不适合姑娘加入。你可以去，如果碰见我们执行抓捕，你就待车上。那些常年在海上混的人，野蛮得很，什么都敢出手。"

郑天天朝钟细兵招了招手，示意他过来，掰下手腕。钟细兵愣了一下，确定她是要掰手腕之后，不好意思道："别别别，胜之不武呀。"郑天天主动过来抓住钟细兵的手，其他同志也起哄说，来来来，有好戏看了。钟细兵叹了一口气，使了六七分气力，居然没把她的手掰过来。这下可下不了台，钟细兵使尽全力，掰是掰过来了，但郑天天一直坚持着，手腕就是碰不到桌面。钟细兵放了手，道："行行行，我输了。"他意思是，对一个姑娘，自己尽了全力，竟然不是一招制胜，还处于僵持阶段，那就算输了。郑天天一脸绯红，道："你没有输，我就是让你晓得，该动手的事，我也不含糊，懂吗？"钟细兵点头道："懂了大小姐，要逮人，一定把你放前头。"

郑天天喘着气儿，她急忙进入卫生间，从包里取出一颗救心丸吞下。她捂着胸口，站在镜子前看着自己，那张英气逼人的脸有一种可怕的愠怒，这是她无法掩藏的。

刚才钟细兵对她的鄙夷，使得她脑海里浮现出另一张面孔，那种愤怒、心悸，一同涌了上来。伤害太深，心悸，是她无法解决的问题，必须用药。有些事情，是自己的理智能够克服的，但是那种内心的旧伤，像潮水一样，说来就来，无法抗拒。

她努力地说服自己，钟细兵，不过是一个有点口无遮拦的同事，不必有太多的代入感。她嘴里喃喃道："他是个警察，不是他，不是他……"慢慢才心跳舒缓下来，脸色也渐渐平静。

心悸最初的源头应该是大三那年。那年，她在学校里接到爸爸电话，说有急事，让她快速回家。她心里咯噔一声。这是从未有过的，她一直顺心顺意地成长，家里有什么烦恼事，也不会打扰她。而这次要自己火速回家，肯定是天大的事了。回到家，谜底揭晓，是母亲亡故。她几乎晕了过去，不能接受这个事实：母亲确诊出癌症，住院治疗期间跳了楼。在守灵的第二天，她心力交瘁，哭到昏厥。丧事办完后，她就患了心悸，一闭眼，就想到母亲纵身跳下的场景，吓得不敢闭眼。稍微睡着，就梦见母亲从黑暗中走出来，委屈地看着自己。睡也不是，不睡也不是。最严重的时候，她睡着不敢关灯，起夜去卫生间都不敢独自进去。

后来求医问诊，还服了中药，倒是见效，心悸暂时消除。但是心中的疙瘩却越来越大：母亲是一个刚强的人，即便在查出癌症后，也是瞒着自己治疗，但是跳楼自尽，怎么也不像她的性格。郑天天在清醒之后，跟父亲郑国风探讨这个问题。郑国风闭上眼睛，长叹一声道："她得了绝症后，心态是怎么崩溃的，我也不太清楚。我就后悔没有每时每刻陪着她。"郑天天看到父亲又陷入自责，不忍再追究。

郑天天最近心悸复发，则是因为一次刻骨铭心的失恋。她在失去母亲之后，一度陷入抑郁，是医学心理学老师祖辉让她从低谷中恢复，不知不觉，她在情感上越加依赖，陷入了人生中的第一次热恋。祖辉是个离婚的男人，比郑天天要大十二岁，但是郑天天并不在乎，她觉得爱可以跨越这些世俗的界限。当然，她晓得父亲不会同意她跟一个大十二岁的男人在一起，所以她也把这份恋爱密封保存。但是就在前三个月，她在一次案件调查中，意外发现祖辉不但没有离婚，还跟别的女人有染。她带着证据去质问祖辉，没想到祖辉并不太当回事，说自己跟郑天天只不过是一次不拘世俗的爱情，互相是人生中的过客，算不得什么。这一次重创，使得郑天天心悸复发，而且相当严重，脾气变得易怒，碰到不顺眼的人，那个人就会变成祖辉的嘴脸，自己的愤怒喷薄而出，引发心跳加速，甚至支持不住。她不得不随时备着救心丸。这次的症状使得她明白，有些心理创伤，不是理智所能控制的。

好像也只有狠狠地投入工作，才能暂时忘记创伤。折腾身体，有时候是为了解放心灵。郑天天变得更加敬业。为了能参与巡查而不被人发现，她穿上地摊衣服，搞得一副很接地气的样子。巡逻车开到澳口，看到可疑船员，她跟着钟细兵穿便衣下去巡查。回到车上后，钟细兵对郑天天说："下次你还是别下车巡查了。"郑天天问是何故，钟细兵道："巡查人员，要求长得越没个性越好，就像我这样，扔到人群里，就是一个路人，见了一面就忘了。而你，你看，那些人一直盯着你，你也不像当地的渔家女，也不像做买卖的，他们肯定会嘀咕。为什么？我算是晓得什么叫艳光四射了。你就是穿上垃圾，那种气质还是藏不住，你的问题在于太漂亮了，这是我们这一行的大忌。实打实地说，我还是希望你回到'心测'岗位上，你那岗位可比我们牛多了。"郑天天翻着白眼，气不打一处来，道："哪有警察像你那么碎嘴的，唠唠叨叨像个长舌妇，我下次脸上抹把灰总可以了吧？"钟细兵被一顿抢白，只好赔笑道："好，说不过你，但我说的是事实。对了，我倒是很好奇，你这样的一个女孩子，又是学医的，怎么就到公安队伍了呢？"郑天天道："我可以说我的故事给你，但求你以后不要认为我就是个花瓶，就是来你们这边猎奇的。长得漂亮的女人，就不能有真本事吗？！"钟细兵哈哈笑道："好，希望早日见识到你的真本事，让我们这伙大老爷们开开眼。"

郑天天原来读的是医科大学，作为临床医学专业的高才生，如果不是被省公安厅的招聘信息打动的话，现在应该是儿童医院的一个美女医生了。当医生，也是她父亲郑国风最满意的选择。当时省厅刚刚建立测谎实验室，郑天天不但有医学临床的专业，还是三级心理咨询师，真是个好材料。在经过初试和复试之后，从上百个竞争者中脱颖而出，就成为第一批心测员。心测领域有句老话，叫"人机结合，以人为主"，心测员不光要懂技术，而且还要懂侦查、懂预审、懂语言、懂人文。她一进来，就以最快的速度熟悉案卷、阅读图谱、分析案件、学习编题，对业务进行钻研，很快就上了道。在自己学了这么多理论之后，她突然意识到一个问题，得实践呀，得到一线呀，要不然心里总是不踏实：我这学的真的有用吗？恰逢这次反盗捞专案组成立，她主动请缨。组长高副厅长端详了她片刻，大概心里的意见跟钟细兵一样，婉言劝道："小郑，这个活儿你不适合，你要锻炼，可以参加局里的预审，那个符合你的专业。"但是郑天天却执意要参加专案组，她想参与从寻找线索、侦查到破案的过程。她对高副厅长说："我要参加这个专案组，是有优势的。"当她说完，高副厅长点头道："行，这也是一个突破口,年轻人就是敢想敢干,我同意。"

之前的消息是,有几个广西、四川人,原来是渔排工人,后来被盗捞分子雇去当"水鬼"。流到北京的那批文物,就是他们打捞的。所以巡查工作,对外地口音的人要特别重视。郑天天想从巡查问询上发挥自己的特长,但并无效果。根据最新侦查的信息,这些人可能听到消息,已经回乡。巡查队员的行动,倒是抓到了两次冻品走私,至于文物,连个影子都见不着。

池木乡的船正要驶入定海村澳口,眼尖的少林道:"树下有辆车。"船仔的眼神很好,道:"车里有人,有点不一样。"一般情况下,澳口是偏僻的地方,除了偶尔出现的走私货车,是没有什么人会停车在这个地方的。这种不寻常的气氛,引起池木乡的警觉。池木乡在船开向码头的一瞬间,转了个弯,划了一道长长的弧线,又开出澳口。少林站在池木乡身边,凑着池木乡的耳边叫道:"大哥,你现在胆子小很多了。"池木乡骂道:"你懂个屁。"

钟细兵从车里出来,往码头走了几步,盯着那条船的轨迹,随即掏出对讲机:"巡逻艇注意,有一条可疑船只从定海澳口出来,火速过来增援。船只现在在口岸外面打圈,不确定方向。"

池木乡的船并不火速逃窜。他转了一大圈回来,同时也在观察码头上的人员。当他隐约看到车上人的举动之后,骂了一声:"日他娘的,形势果然紧了!"

少林这才晓得,岸上的人在盯池木乡,池木乡也在盯岸上的人,所以在这里绕圈子,胆识真是过人。少林道:"既然是盯梢的,咱们快点跑吧!"池木乡并不理会少林的建议,冷笑道:"胆小鬼!"

片刻,警方的蓝色巡逻艇远远呼啸而来。巡逻艇,在海上是一个象征式的存在,对有的人来说,是安心,对有的人来说,是威慑。少林叫道:"快跑,这下引火烧身了。"老欧也紧张起来,结结巴巴地催促池木乡快跑。他的话在风中断断续续,惊慌失措,可见没见过世面的老欧是最怕警察的。池木乡笑道:"你怕什么呀,你的命是我救的,还怕砸在我手里呀?"船仔看池木乡嚣张的样子,对着老欧耳边道:"爹,别理他,他不怕死,咱们还怕个屁!"

池木乡看见巡逻船朝自己逼近,嘴角露出冷笑,船开得并不快,好像在等待巡逻艇追上来。那种表情,很像一个充满挑衅意味的乡村少年，在等待一场干架。是的，每个乡村都有这样的少年，喜欢当头，喜欢挑衅，一听说可以干架就流口水。巡逻艇确定了目标，朝着"土大飞"直接过来，池木乡与之相隔一百多米，几乎同速在海上Ｓ形状航行。他兴奋而疯狂地叫嚣道："你来呀，快点呀。"好像这不是一场挑战警方的追逐，而是在乡村草地上的玩闹。池木乡的嚣张超出老欧的认知范畴，他像一只被惊呆的鸵鸟。

池木乡入狱之后，对自己的被捕一直耿耿于怀。他归罪于自己的船没有改装，没有加大马力，从而败给缉私巡逻艇。现在他疯狂地发泄着不满，又像是在复仇，带着巡逻艇绕圈子，疯狂地叫嚣。直到巡逻艇鸣枪示警，池木乡才加大马力，向岛外呼啸而去。它的速度是巡逻艇的三倍多，巡逻艇很快被甩在后面。池木乡在海风中疯狂地发泄："你追呀，你追上我呀，哈哈哈！"

这一出，让老欧猜不出，池木乡的胆子到底有多大。

上岸后，船仔看老欧的脸都吓白了，静默不语。船仔是初生牛犊不怕虎，他没什么可怕的。相反，他倒是希望池木乡被警察抓到，看看池木乡能有什么表现，那才是一幕好戏的高潮。

他们在一家海鲜店吃了饭,老欧出来,朝着屋后的海边撒尿,朝着海边深深呼了口气。船仔也跟着出来,老欧似乎怕被孩子觉察自己的不安,不悦道:"你出来干吗?"船仔道:"你能拉尿,我就不能拉尿吗?"父子俩齐齐对着海边,老欧的尿被风吹得凌乱了,船仔的尿呈一条弧线射出去。

"看见了吧,池木乡这人,就是个疯子!"船仔对父亲说。

"那又怎么样?"老欧警惕地别过头。

"我们为一个疯子卖命,不是傻子吗?"

"你想怎么样?"

"我们想办法回家呀,他又能怎样,他敢上门我就敢跟他拼命!"

老欧闭上眼,叹了一口气,显然他也认为船仔说得有一定道理,但是事情又不是这么简单。

"我吃过的盐巴比你吃过的饭多,你想过的法子,我不是没想过。但是呢,行不通,你不要问为什么,现在我们做的事,就是妈祖要我们做的事,如果我们爽约,妈祖下次不会饶过我们!我们行船的,对妈祖的承诺,死也得守!"

"妈祖会让我们替一个海盗卖命？"

"妈祖不管是海盗还是海警，行船的人，她都一视同仁，不管如何，妈祖是派他来救我们的，我们就得还他的情，这是个死理，你别掰扯。听我说，把活干完，咱们捡两条命回去，这事便了了。以后你想出国咱们就找路子，不想出国，我也不勉强你，这次海难，我是想通了，能活蹦乱跳地活着，就知足了！"

"池木乡是在跟海警躲猫猫，万一他搞砸了，我们一起进局子，这也是妈祖的意思？"

"如果是这样的话，那也是妈祖要给我们的劫难，来换取两条命，世间的幸运，没有白得的。"

船仔鼻子哼的一声，显然他不敢得罪妈祖，又对父亲借妈祖的号令颇为不满。

"你是怕被警察抓吗？"

"我掉进海里都不怕！"

父子俩撒尿完毕，索性做一次倾心交谈。

"这事儿对我们来说，不是不能完成的，也不是承受不了的代价，为什么你一直抗拒呢？"老欧问道。

船仔指了指自己的心，道："没什么，就是不愿意！就跟你逼我吃猪肉一样。"

船仔自小就不吃猪肉，一吃就想吐。老欧开始觉得孩子有问题，逼他吃，越吃越吐，固执得很，后来还是放弃了。所以船仔一打这个比喻，老欧便明白了什么意思。

"你已经长大了，长大什么意思，就是得干自己不愿意干的事！"老欧拍了拍船仔的肩膀，意味深长地说。

10

练丹青一直认为自己是靠眼神吃饭的。这眼神呢，第一是识货，看文玩会捡大漏；第二是看人，看人准，就能攀上贵人，赚大钱。比如说，他认为池木乡是合适的合作伙伴，他胆大、敢干、有野心，又信服自己。又比如说，他看上郑国风这个人，作为自己的下家，是因为这个人识货，有格局，不斤斤计较。有好货，到他手上，价格不会差。而且他能耐大，见识广，四通八达，消息灵通。

藏天阁古玩街，福州街坊也叫西门街。练丹青来到这里，总有一种虎入山林之感，浑身都舒坦。在其他地方，他不免有形单影只的孤独，无法融入，但在古玩的世界里，既有他的生存之道，也有他血液里相融的东西，他有活过来的感觉，精气神都提起来了。一进国风堂，他便打招呼，道："老板，我又来了！"

国风堂兼营寿山石和玉器、瓷器，算是门面比较亮堂的一家。老板郑国风虽然财力雄厚，但是口头禅是"大钱小钱都要赚"。他说，赚钱的法则是你要爱钱，你爱钱，就要大钱小钱都要爱，只爱大钱而忽略小钱，钱也会嫌弃你，那是自断财路。赚小钱也可以引大钱，不要嫌麻烦。所以，他对练丹青说，你什么东西都可以拿过来，我都可以收。但练丹青一般是有精品才拿过来，小物件他不好意思。

以往郑国风的门面，只有他自己一人。这次却多了一个姑娘，那姑娘十分漂亮，练丹青不免瞄了一眼，便被郑国风迎进里间的茶室。郑国风道："练老板，今天有好货呀？"练丹青爽朗地说："好货是肯定有，要不然怎么敢踏进你这个三宝殿呢。"郑国风笑道："太好了，看看。"练丹青敲了敲外边，压低声音道："好货是有，但没拿到手，不过有眉目了。"练丹青说的，便是元青花瓷的事儿。他悄悄告诉郑国风，沉船已经找到了，余下的是挖掘工作，正货到手只是时间，希望郑国风能确定下买家，到时候一手交钱一手交货。郑国风道："只要是真货，这个包在我身上，你拿到我这里就可以脱手，我给你现金，我的实力你又不是不知道。"郑国风指了指自己门面的货。光那些个寿山石，价钱几千万不成问题。练丹青呵呵乐了，"嗨，要的就是你这句话。"

煮的是白茶。以前郑国风喝的是岩茶，现在口味淡了，喝的是白茶，清火润肺，有益养生。郑国风问练丹青喝得习惯吗，练丹青说自己什么茶都能喝，但唯独对一样茶喝起来感觉特有滋味。郑国风喝茶喝了几十年了，什么茶都喝过，什么稀有的茶也都能弄来，有些好奇，"是什么名茶，你能说出来，多贵我也能弄来。"练丹青笑道："贵倒是不贵，现在一斤二三十块钱就能买到，那就是本地绿茶，农户自己锅里炒的，有的甚至还带着铁锅味儿。喝茶的杯子，也讲究，那种大搪瓷缸，挂着茶垢，算是包浆吧。小时候我爹站在架子上，给人画壁画，脚下就放这么一个搪瓷缸，茶水很浓，渴了就叫我，把茶缸递给他。这是我最爱干的活。我也偷喝呀，觉得好苦，不过喝着喝着就上头了。现在一喝那种绿茶，马上想起当时的画面，我爹专注地在墙上画画，头也不往下看，就叫，丹青，把我茶水添满了。"郑国风笑道："你喝的哪里是茶，喝的是念想呀。"练丹青道：

"是呀，有些东西放不下而已。"

闲聊片刻，练丹青又转入正题，"现在我最担心的一个问题是打捞团队的安全，已经碰上好几次巡查的了。老板可晓得最近公安方面的风头？"

国风堂是三教九流云集之处，消息自然灵通。练丹青此次前来，一个重要的目的，便是打听风头，保证团队的安全。知己知彼，百战不殆。

郑国风道："我听到几个人说最近抓得确实紧，但具体有什么行动，还没有打听。"他低下声，隔着屏风朝外看了看，"天天，你去隔壁给我们叫两碗鱼丸过来，我们当茶点。"郑天天在外面应了一声，便出去了。郑国风见郑天天出去了，道："你先别急，我这女儿便是公安部门的，回头跟她打听打听。"练丹青这才晓得，道："公安人员都有保密原则，恐怕不会如实告诉你。"郑国风笑道:"这些门道我懂,套路一下还不会吗,我在江湖上也混了大半辈子了。"练丹青不好意思,"那是,我只是提醒一下。哎哟,没想到你有一个这么漂亮的女儿,掌上明珠呀。"提起女儿,郑国风又是得意,又是傲娇,又是不满,"你可别看她一副乖巧的模样,是最不听话的,要是个儿子的话,我早就棍棒伺候了!"

郑国风原来指着她去医院当个医生,觉得这是女儿最好的归宿。姑娘家,长得又漂亮,去太复杂的单位,当父亲的总是不放心。郑国风交友广泛,跟儿童医院的领导都打了招呼了,临门一脚,郑天天却告知已经入了公安队伍。郑国风都气炸了,一个如花似玉的姑娘,以后面对的都是犯罪分子,成何体统。父女俩冷战热战三百回合,郑国风第一次晓得女儿是如此的倔强,最后屈服了,行吧,你去吧,但我还会再给你一次机会,等你厌倦了公安工作,想回头是岸,我会再帮你一次。郑天天一去就不回头了,郑国风晓得自己勉强不得,便由她去了,连她在公安队伍里做什么,都懒得多问。

这次郑天天难得放一段假,跟父亲说自己来国风堂站站台,了解一些古玩常识。郑国风觉得奇怪,国风堂开了小十年了，女儿从来不过问一下，对那些宝贝见怪不怪，怎么就突然对这一行感兴趣了，赶紧问："你实话跟我说，是不是当公安当腻了，想换个工作？"郑天天否认道："你想多了，公安呢，我干得好好的。你也知道，我学的东西多，小时候你恨不得我琴棋书画天文地理样样通，周末我不是在培训班，就是在去培训班的路上，当时呢，我还挺恨你的，觉得太折磨我了，不让我玩，不过长大后，特别是工作后，我还挺感谢你的，有句话叫艺不压身，而且我的工作，是需要庞杂的知识积累，当年学的全派上用场了。唯一遗憾的是，你对古玩这么在行，我却视而不见，这不是来补课嘛！"

听女儿这么一说，郑国风心花怒放。这么多年，第一次被女儿夸一回呢，比喝了鸡汤都爽，夸道："行呀，到了公安队伍的唯一好处，就是让你通情达理，懂得爸爸的良苦用心了。"

郑天天端着两碗鱼丸进来，"爸，你的客人也不跟我介绍一下。"

郑国风笑道："我还没想到你现在还懂得广交朋友呀。这是练叔叔，名叫练丹青，他的眼光也是贼好的啦，是爸爸的老交情。"

郑天天把鱼丸放在他俩面前，笑嘻嘻道："一听这名字就是画画的。"

郑国风道："那可真是，倒腾古玩是他的副业，他专业就是画画，以前画的画，可逼真……可有神采了！"

郑天天道："那我露一手，可要叫练老师教教我。"

看着这父女俩一个逗哏一个捧哏，练丹青没说话的份儿，倒是不自在起来，只是嘿嘿笑。郑国风道："你别管她，让她折腾。"练丹青由此及彼，大概是想起自己的女儿，摇摇头道："郑老板，你太幸福。"羡慕得眼角都湿了。

郑天天找了纸笔，对着两个吃鱼丸的男人写生。她功力不错。寥寥几笔，两人的形象动作就呼之欲出，然后边观察，边加工。等他们几个鱼丸都进了肚，一幅人物速写便完成了。郑天天在中学时期，上绘画培训班吃过不少苦头，都是父亲逼的。到了大学，这才松一口气，发誓不再提起画笔。可是这么一放松，灵感却来了，有时候忍不住拿起笔来草草几笔，就能形意皆到，倒是比苦练时上升了一个层次。

郑天天看了，自己挺满意的，请教练丹青。郑国风觉得郑天天对练丹青有点过分热情，热情到有点可疑，要知道以前她傲娇得不得了，家里有客人勉强打个招呼，就不理会了。他笑道："我倒是从未见你这般好学！"郑天天撇嘴道："小时候能跟现在比吗，现在工作了，我多懂事呀！"郑国风冷静地看着女儿，以他多年的江湖经验，女儿多半在演戏。

练丹青欣赏着郑天天的速写，赞叹道："真是多才多艺，文武双全，巾帼不让须眉。"郑天天笑道："你看，一看你用这么多成语，就是糊弄人。我从小到大，最不缺的就是赞美，你要是真的有心，就跟我说点有用的。"练丹青被撩起了兴致，竖起大拇哥，"你是真的这么想吗？这么说吧，你画的形没有问题，但是缺了一点神，每个人物，都有一个灵魂出窍的地方，只要把那个地方画出来，这个人就活了。我父亲当年画神仙壁画的时候，跟我说，神仙的指尖非常重要，如果指尖都生动，那么画的必定就是神仙了。"

郑天天很难相信练丹青是个盗捞文物的嫌犯。对艺术这么有真知灼见的人，真不该与犯罪关联。但事实是，她在这里就是守候练丹青，以求得到线索的。

练丹青一早就成为钟细兵的跟踪对象。钟细兵分析，他是不会收手的，会一条路走到黑。从他入手顺藤摸瓜，绝对有收获的。在跟踪的过程中，发现练丹青跟郑国风来往密切。郑天天得知消息，主动请缨，在郑国风的国风堂守株待兔。

郑天天道："听你一句话，发现我学画那么多年，真是白学了，你这个老师，我是拜定了。"

练丹青摆摆手道："哎，画画是以前的事了，说说还行，要真画，手都硬了。现在跟你爸是同行了。"

郑天天等候多时，好不容易逮着练丹青，岂肯轻易放手，"您就是传说中的高人，无论做什么，我都得跟您学一手。"

练丹青虽然拒绝，但是对郑天天的崇拜却十分受用，带着慈爱笑道："好听点，我是一个收老物件的，难听点，就是收破烂的，你一个漂漂亮亮的姑娘，能跟我学到啥玩意儿。"

郑天天道："收古玩，对对对，我就是很想体验，终于找到了一个好老师，真是缘分。"

就是聊天的间隙，郑天天又对速写进行了一番修饰。练丹青扫了一眼，赞叹不已："你这姑娘，这笔法，去当公安真是可惜了。"经过这么一加工，速写中的人物神采毕现，郑国风双目炯炯,神态自信;练丹青虽然若有所思,那副说话慢半拍的样子也跃然纸上。郑天天像是遇到了知己,也兴奋起来,"我这不是现学现卖嘛。你说画一个人的灵魂呀,那我就来观察你们的眼睛呗,我觉得我爸的眼睛,特别亮,因为他特别自我,气质都在眼神里,而练叔叔你呢,你的眼睛没那么亮,但总是在思考,是一种观照内心的光芒。你说对吗?"练丹青赞叹道:"悟性真高,老郑,不愧是你的女儿。"郑天天道:"练叔叔,咱们这么有缘,咱们说定了,我必须跟您学一手了。"

郑国风冷静,找个理由指使郑天天出去,他把鱼丸的碗叠起来,"你把碗还给老板,我跟练叔叔谈点正事。"郑天天一出门,郑国风便悄声道:"郑天天今天很反常,老练你可得悠着点。"练丹青怔了一下,"有什么不对劲?"郑国风呵呵笑道:"她可是个公安,你呢,现在做的事情,可是见不得光的。"练丹青笑了,"郑老板呀,你想到哪儿去了,这都能联系得起来,太紧张了吧?"郑国风嘿嘿道:"我自己的女儿我还会不知道,从小到大,她哪有对人这么毕恭毕敬过,心里有鬼的。"练丹青喝了口茶,把茶杯往桌子上一蹾,"这我可要说你了。你有这么好的女儿,却拿来怀疑,真是身在福中不知福。要是把女儿给得罪了，我告诉你，想找补都补不回来。"郑国风道："这要是不明就里的人一听，还以为是你的女儿呢。你要是不信，她回来我套路套路，你就晓得了。"

郑国风这么多年来，接触的买家卖家五花八门，一直稳扎稳打，就是信奉一条原则，"小心驶得万年船"。警惕，是渗透在骨子里的品质。

女儿回来后，郑国风单刀直入，不经意地观察着她的神色。

"最近你们公安口的风声比较紧，这个你晓得吗？"

"什么风声呀，公安工作哪一天不紧呀。"郑天天表情轻松，看不出端倪。

"码头、澳口，现在加强巡逻了，你晓得不？"

"这我哪里晓得，这是下面派出所的工作，我是搞'心测'的，预审工作比较少接触外面的任务。"

"你们最近肯定有专项行动，你连这个都不晓得，心里有鬼吧？"郑国风咄咄逼人。

"笑话，我堂堂正正还有鬼？老爸你是不是干了什么亏心事，想套路我？"

"实话告诉你吧。亏心事我倒是没干，但是你要知道，干我们这一行的，机会与危险并存。我们也不能保证收的货来路正不正，但也不能不收，平时倒没啥事，如果碰上案子，就成了一个销赃的主。这不是问你，最近风声如果紧，我收货就注意点了！"

"根据我们的职业要求，这种信息即便知道，也是不能告诉你的。"

"嗨，你还把你爹当成犯罪分子了。哪有这样的女儿？"

两人唇枪舌剑，郑天天没有在父亲面前露出一丝破绽。郑国风心里气得直骂，从小把你培养得聪明伶俐，却来对付你爹！

临走时，郑国风悄悄吩咐练丹青："我感觉呀，郑天天不但有目的，而且还深藏不露。人说女大十八变，原来是变成她爹的心魔。老练，她现在处心积虑跟你混一块儿，你可得小心。"

练丹青呵呵笑道："放心吧，论混江湖，我也算老师傅了。"

郑国风道："有道是乱拳打死老师傅。咱们这笔生意，是千万级别的，你眼屎可要剔干净了。"

练丹青道："我比你更想得到这笔钱。"

郑国风道:"郑天天那里探不到什么消息,我别处也可以探到。我有消息了,你到时候再过来商讨下对策,下海的都是莽撞人,需要我们的指挥。"

练丹青道:"那是当然,消息灵通足智多谋这方面,我服你!"

11

台风还没到来,海面反而无比平静。天地间好像有呢喃在蛊惑:来呀,这是一个风平浪静的世界。海上已经禁止任何作业,各村干部都在查看渔排、渔船的撤退状况。这项工作并非那么好做,有些固执的渔民,怕渔排出意外,居然偷偷躲在渔排里,一副共存亡的架势。

池木乡接到指示,打捞工作暂停,台风过境后再启动。一连干了好几天,借台风的机会放个假,对于少林来说,是极为开心的事。少林觉得自己这几日功劳甚大,便向池木乡开口,要支个三五千回去好好生活一下。池木乡又可笑又可气,道:

"你宝贝没捞着，却财大气粗了，三五千，去生活，你以为自己是谁呀？"少林只好说实话了，"大哥我真不是想拿去吃喝嫖赌的，我想买一部手机，之前呀，我交个女朋友跑了，就是因为我没有手机。我现在必须搞部手机交朋友。"当时手机还是稀罕物，至少是有钱的白领才有，普通职员只有 BP 机。池木乡本来想一口回绝，但忍不住好奇，道："手机是个好东西，但是跟交女朋友有什么关系？"

少林为了拿到钱，也没什么不好意思，把丑事说了出来。少林的一个好兄弟发了财，头发油亮，提着大哥大，女孩子见了，两眼发光，都往身上扑。这一幕让少林印象深刻。这给少林一个印象，要取得女孩的欢心，手机是必须的。

"宝贝捞到之后，你要手机，还是要飞机，由着你。现在屁都没找到，你敢跟我要手机，你是疯了吧。这一天天的，我们住宾馆，吃饭，油钱，哪样不花钱，还有闲钱给你买手机？"池木乡忍不住对不懂事的少林发了火。

少林不服气，把藏在心底的疑问倒了出来："上次咱们给练老板捞了那么多瓷器，肯定发了大财，我没有功劳也有苦劳，买部手机还过分吗？！"

那批海底假古董，是练丹青在池木乡出狱后做的局。有了这个局，他们现在才有资金重新勘探打捞。假古董的事，只有练丹青和池木乡知道，少林蒙在鼓里，一直愤愤不平。

"你懂个屁。别啰唆了，你要是不想干，就滚蛋！"池木乡懒得解释，凶了起来。因为这几日并无新的进展，又碰上台风，躁得很。他一凶，真的像一头暴怒的狮子，只差一口咬上来。

争执发生在旅馆的房间里，池木乡发怒了，声调不由自主地提高。老欧和船仔不明就里，也不知道如何劝说。老欧怕事情激化，叫船仔道："船仔，你陪少林到外面走走，消消气。"

少林一无所获，气鼓鼓地下楼，活像一只正在发功的蛤蟆。

船仔劝道："你不是怕老板吗？我感觉他的样子，要把你吃了。"少林在气头上，道："我有理，怕什么。这个鸟人，有钱自己花，对我这么苛刻，老子要是赚到钱，理都不想理他，哼！"船仔心生一计，道："既然你不怕他，不如我们一块儿都走，不给他卖命了！"少林瞪眼道："你傻呀，我哪里是给他卖命，我是要自己发财。对了，你可别掉链子呀，人人都有发财的机会呀。"船仔道："我可不想发财，我只想回家。"少林道："你真不懂事，两手空空的，回家谁也不鸟你。赚了钱回家，别人都围着你转，都叫你大哥，那日子过得才叫日子。我这回家，要是没一点钱，见到冰冰，都不好意思跟她打招呼，真愁死我了。不想了，先上街耍一耍！"

两人到县城车水马龙的街上，繁华的夜景、商场的霓虹、欢声笑语的过路男女，使得少林情绪平复下来。他带着船仔到一家手机店，指着玻璃柜里的一款爱立信翻盖手机，道："你看，我看中的就是这一款，要三千块钱。"他让服务员把手机拿出来，放在手机袋里，别在腰上，来回走两步，别提多神气了，问道："你看，拉风不拉风？"

船仔点了点头。

柜台小姐问道："先生，您是现金还是刷卡？"

少林把手机放在柜台上，道："着什么急呀，我过几天来买。"

就试了一下手机，少林已经很兴奋，扒着船仔的肩膀出来，道："你说那手机是不是很棒，别在我腰上，是不是很有档次呀？"船仔道："那当然，不过我总觉得那一款手机，女生用比较合适，男生用粉红色的，看起来怪怪的。"少林猛地拍了一下船仔的肩膀,道:"你太聪明了,这都能看得出来。其实呢,我是想买部手机送给一个女孩。"

原来少林在打麻将的时候,和一个叫冰冰的姑娘眉来眼去,一下子就喜欢上了。少林希望下次联系,冰冰说:"我又没手机,怎么联系呀?"少林听出言外之意,"小意思,回头给你买部手机,过来叫你,你可都得出来。"冰冰道:"你要是有那么大气,我肯定随叫随到呀。"少林高兴坏了,自己离爱情,就差一部手机了,怎能不着急?

少林跟船仔讲起冰冰,眉飞色舞,"你知道,在吃喝嫖赌里,最爽的是爱情。冰冰打麻将的时候,朝我抛媚眼,那感觉,跟触电似的,比吸毒还爽。我以前在学校的时候,有好多女生都喜欢我,但是我没开窍嘛,出来混社会,开窍了,身边已经没有女生了。现在只能靠打麻将,找到'同桌的你'。你现在还在学校吧,那可要抓住机会了。喜欢一个女孩,一定要把握住。这方面我可以把经验教给你,追女孩子呢,只有一个秘诀,就是不断给她买礼物,一个不够买两个,两个不够买四个,买着买着,所有的竞争对手都会被你打败……"

少林像一只精瘦的发情的小公狗,在街上尽情挥发着荷尔蒙。

"你准备给冰冰买多少礼物呢？"船仔听了似懂非懂。

"等我赚到钱，手机、BP机全给她买上，随叫随到，那太爽了。"

"这就是你这么想发财的原因？"船仔问道。

"是呀，就怕发财发得太迟了，冰冰对我没耐心了。"少林身陷情网，有点苦恼，"冰冰太美了，好多人盯着呢，我就怕谁先买了手机把我的女人给截和了，你说该怎么办？"

"如果她喜欢的是你，而不是手机，应该不会吧！"

"我个人魅力是没问题，但是女孩子不靠谱，见了礼物眼睛就发亮，哎，我得想想办法，先把冰冰稳住。他娘的，我打麻将最恨的就是上家把我给截和了⋯⋯"

少林忽忧忽喜，内心狂乱，活像个神经病。后来，船仔才明白，这就是爱情的样子。

趁着台风天，老欧父子也回家躲避。村里人晓得他们父子出海，有日子没回了。各种消息都有，有的说遇难了，有的说偷渡走了。现在看到父子现身，都松了一口气。左邻右舍送了线面、鸡蛋过来，给他们父子压惊。老欧对外称，自己的船翻了，真给人在海上打工呢！

阿豪手上提了一条石斑鱼过来，叫道："还新鲜呢，补补身子。"又建议道："船仔，你水性这么好，就跟我一起深海捕鱼吧，我现在用渔枪，可刺激呢！"石斑鱼就是阿豪用渔枪捕捉的。

船仔听了很感兴趣。趁着台风未到，两人到海底跟鱼儿周旋一回，很是刺激。船仔很快掌握了渔枪的使用方法，更觉得如虎添翼，在海底如入无人之境。他探寻到龟屿岩壁下，又见到龙鳗。他用渔枪与龙鳗对峙，龙鳗似乎看出他的意图，缩头不动。等他一枪射出，又慢悠悠把头缩回去，似乎在挑衅船仔：要单挑就徒手来，拿着渔枪算什么本事。船仔瞬间觉得有点惭愧，浮出水面。

小有收获，阿豪焖了一锅海鲜，买了啤酒，庆祝船仔的回归。船仔没喝过啤酒，尝了一口，皱起眉头道："有点苦味，还有泔水臭。"阿豪一杯一股脑吞下，道："你要把难喝的东西喝出味道，你就不是小孩了。"船仔再次闭着眼睛喝了一大口。阿豪道："这回尝出味道了？"船仔道："没那么难喝了。"阿豪叫道："有前途，把这一瓶喝下去，你就脱胎换骨了。"

阿豪说，打鱼要有大的渔获，需要在深蓝海域。但深海潜水，危险性很大，顶重要的是要有潜伴，他希望船仔能当他潜伴，一块儿进军更远的海洋。船仔听了，眼睛一亮，这事儿符合他的脾性呀，但随即眼神黯淡下来，道："唉，可是我爹还得让我出去打工呀！"阿豪嗤之以鼻，"替别人打工，看渔排是不是？那有什么出息。咱们要是能整一只大黄鱼或者金枪鱼，够你爹和你打几年工的。我去跟你爹说。"船仔有苦难言，道："有那么好说，我早就把他说服了。"

台风起来了，几乎把两个人摆在院里的小桌掀翻。树叶在天上死亡翻滚，海上传来可怕的低沉的怒吼。

三日过后，台风彻底离境。池木乡驾"土大飞"来接父子俩。池木乡高大的身子站在门口，几乎遮挡住外面的光线。老欧去房间里喊船仔，道："船仔，老板来接我们了。"

台风天，船仔都在床上睡觉，吃了睡，睡了吃，好像进入冬眠的熊。他穿着裤衩，揉着眼睛出来。

池木乡道："睡够了吧？"

船仔打了个长长的哈欠,"正想跟你说件事,我不想去了!"

池木乡因为愤怒而冷笑起来,也许他根本就没料到船仔敢说出这种话。"哦,也就是说你们要不守承诺了,是你的意思吗,老欧?"池木乡冷静问道。

"不不不,船仔,你别乱说话。"老欧急忙辩解。

"爹,既然说开了,我就把话挑明了。你是救了我,我有机会一定要报答你,但不等于说我就要替你卖命!"

"有种!"池木乡竖起大拇哥,回身就走,一瞬间又转头问道,"你是怕什么,怕被警察逮住了?"

船仔摇摇头,"我什么也不怕。"

"那你是为什么不干?"

"我就是不喜欢被你使唤!"船仔道。

"行呀,老欧,回来几天,都有长进了!"

池木乡大踏步走向岸边。老欧吓得屁滚尿流,拉都拉不住,语无伦次地跟到船上。老欧在船上待了十几分钟,跌跌撞撞地回来,跪在船仔面前,"如果你不去,今天我就死给你看。反正迟早都是死!"

老欧脸色灰白，一把鼻涕一把泪，活像个脏兮兮的猴子，他举起一把渔刀，切向自己的手腕。船仔一把摁住，急得眼泪都出来了，叫道："你干吗这样，你是怕他什么？"

老欧道："我是怕你跟命对抗，抗不起呀！"

老欧的腕上渗透出血来。船仔一声闷哼，用嘴含住父亲的伤口。

12

郑天天跟着练丹青去定海村淘货，这是她第一次作为卧底的行动。这次行动，她商讨过，钟细兵判断练丹青手里有大案的线索，就看郑天天行不行了。郑天天信心满满，自己选修了心理学，过了三级心理师测试，该是大显身手的时候了。钟细兵说："没想到，这么一个漂亮的姑娘，最喜欢的工作是当卧底。"郑天天愣了半晌，摇头道："不纯粹是当卧底，我只是想发现生活的亮光，特别是人性缝隙中透露出来的光，去照亮生活的庸常。"钟细兵也愣了，道："你别不是精神有什么问题吧？我们搞公安的不用这么深沉。"

定海村港口，是个深港，码头上立着身上挂满藤壶、牡蛎壳的石狮子，那是从海里捞出来的。这里有合法的海上打捞船，主要是打捞沉到海里的轮船，当成废铁来卖。不可避免地，这里成为一个海上打捞物品的集散地。靠近码头的几家小店都是买卖古玩的，甚至是小卖部的老板，你问他有什么货色，他也会给你掏出一两件。定海这个名字，吸引得十里八村的持宝者前来，把宝贝放在亲戚家里，等待成交机会。

对练丹青来说，这些小店平淡无奇，他更多的是去村里老百姓家看能不能淘到好货。村民家里，有点藏龙卧虎的味道。但走了半天，除了收到两件小瓷器，并无所获。郑天天一路各种话题，想找到蛛丝马迹，练丹青就是不上套。中午两人到码头小馆子吃饭，练丹青一定要喝酒。郑天天道："哪有人中午喝酒的，喝了咱们下午可就走不动了。"练丹青道："坐牢的时候没酒喝，那时候我就感觉酒的珍贵，出来后我顿顿都喝点，酒里有各种滋味呀。"练丹青还说，自己出狱后，每晚都开灯睡觉。

练丹青毫不避讳自己坐牢的历史，郑天天觉得疑惑，试探道："你因为什么坐牢呢？"

练丹青呵呵笑道："你想了解呀，那倒是可以告诉你。经历了这么一遭，我什么都想通了，心无挂碍。"

练丹青原来一无所长，就一手画画的手艺。九十年代，艺术市场并不活跃，自己画的画，连糊口都不行。恰逢一个闽南商人，请他临摹一幅《清明上河图》，送给官员。练丹青使出浑身解数，画了两月有余。画是成了，礼也送了，原来预定的两万元酬金，临了商人只给四千。练丹青上门讨说法，被臭骂了一顿，说你还真把自己当名家了，这水平，四千都给你脸了。练丹青咽不下这口气，缠着商人，却被打出门来，躺了半个多月，参透人间狼心狗肺弱肉强食。想起父亲对自己的教诲，你要是做老实本分人，只怕将来要饿死的。恰好好友李云淡来探望，愤愤不平，说练丹青的临摹简直可以乱真，比那些名画家又差哪里去。某某酒店客房挂的名家字画，水平也非超凡，价值数万数十万，真是人比人气死人。言者无心听者有意，练丹青冥思苦想，打定主意做了一个新的营生。他住到酒店，选择挂着名家字画的房间，连夜临摹，临摹好后，狸猫换太子，把临摹赝品挂到墙上，把真迹带走，拿出去倒卖。

其时，普通人对名家字画还不甚在意，他屡屡作案，屡屡得手，过了许久，还没人发现。这一方面得益于练丹青的手法高超，另一方面呢，自然是酒店对于名家字画并没太重视，否则也不会挂在客房。那时候字画市场没有兴起，酒店请书画名家来观摩体验，临了画些画来做装饰，这是常态。只是不曾想到，在进入市场经济之后，这些字画变得值钱了。

这一行径，练丹青做得轻车熟路，觉得酒店的东西就是自个儿的，胆子也肥了，行动不免更加肆无忌惮。有一回下半夜来偷客房走廊墙上的一幅画，动手之际，被服务员看见，叫来保安抓个正着。这事当时在书画界传得沸沸扬扬。练丹青一直以画画而自矜，却不料以偷画而声名远扬，遭受牢狱之苦。

练丹青说，自己这牢一坐，最苦的不是自己，而是妻女，特别是女儿，精神受到极大的打击，在学校也受到比自己在监狱里更多的羞辱，是自己最对不起的人。如果女儿有一天能够原谅自己，自己愿意以生命去换取。

郑天天听了这一桩往事，生了恻隐之心，觉得这练丹青其实不坏，见他表情，又是极为重情重义之人，便有了一个好印象。练丹青喝了几杯酒，谈兴颇浓，反将一军，道："我听你爸说你到现在还没男朋友,这么漂亮的姑娘,追你的人那么多,却跟尼姑似的,有问题吧?"郑天天的脸一下子僵硬了,显然不愿意谈这个话题,道:"没感觉,强扭的瓜能甜吗?"练丹青道:"你爸跟我谈过这个问题。你呢,从小到大,漂亮,聪明,多才多艺,走到哪里,都是被人夸赞的丫头,人人都宠你爱你,你也觉得理所当然。你不用付出任何努力,就能得到爱。但是呢,这造成了一种负面作用,导致你对别人没有感觉。这是一种心理毛病,你也应该去看看。"

郑天天自己是三级心理咨询师,现在练丹青居然给她坐诊来了,她觉得又可气又可笑,但他说得也似乎有道理呀。郑天天哼哼笑了一声,"我爸也是这么认为?"练丹青颇有些得意,"是吧,这是我们两个研究后得出的结论,击中你的要害了吧?"在一瞬间,郑天天忍不住眼睛湿润了,拿纸巾拭擦了一下,有点哽咽道:"你们两个自以为是的老男人!"练丹青见郑天天动了情,似乎有不忿,疑道:"难道有错吗?知子莫若父,我们的分析应该是差不离的,一切都是为了你好。"

郑天天道:"对,一切都是为了我好,这句话也是我爸挂在嘴上的。好吧,既然你想知道真相,我就告诉你吧,反正我活了三十一年，也从来没告诉过别人。真相，就是跟你说的相反，从小，我爸没有把我当成一个小孩，他把我当成一个机器，要学这个，要学那个，你见过一个孩子学的东西像我那么多吗？他不是爱我，他只是把我当成一个向人炫耀的工具。实际上，我不是得到太多爱，而是根本就没有得到爱，特别是我爸的爱。当时只要我妈说，你让孩子玩一玩吧。我爸就板起脸，说什么'少壮不努力，老大徒伤悲'那一套。我的童年和少年，都是在忍耐和害怕中度过的，我的日记里写的，就是我爸爸是恶魔。你知道后来我为什么去当公安吗？因为那身制服给了我胆量，我想穿上那身制服后，我就不用再怕任何人了，那是安全感的保证。"

郑天天说完，压抑的感情迸发出来，忍不住捂住脸，呜呜地哭了起来。哭得梨花带雨，那叫一个真情流露。小馆子里，老板娘都不禁侧目，走过来问要不要帮忙。练丹青毕竟是见过世面的，道："没事，哭完就好了。"一边不断给郑天天递纸巾。

这一场瓢泼泪雨终于流得差不多了，练丹青叹道："唉，原来如此，每个父亲都欠女儿一笔债。老郑呀，这是太好面子了！"

郑天天吸了吸鼻子,道:"我爸以为别人的夸赞,都是爱,你知道吗,那种假情假意逢场作戏的夸奖,我听得都要吐了。这世界,你听不到一个人对你说一句真情流露的话,哪怕是批评我一句都好,都听不到。"

练丹青闭目体会。自己一辈子受人冷落,像一只老鼠,得不到半句鼓励。而郑天天却在甜言蜜语中感受不到真心。同样是孤独,确实是两个极端,自然不能一下子感同身受。

"我理解你的孤独。可是,孤独的人,是最需要爱人的,你又为何拒绝?"练丹青点起一根烟,不免油然升起惺惺相惜之感。

"你真的想知道?"

"我是真的关心你,想替你解决问题,因为从来没有一个人,像你一样对我赞赏和信任,还主动拜我为师。"练丹青道。

"给我也来杯酒。"郑天天把眼泪擦干净,然后倒了一杯啤酒,闭上眼睛,灌进去半杯,平常不喝酒的她,一时紧皱眉头。

"我不是没谈过恋爱,只是你们不知道而已。当然,不只你们不知道,连我同学都不知道。我大学的时候,谈过恋爱,不是和我同学,是我的老师。那年我母亲突然离世,我接受不了，精神处于崩溃状态。他开导我，我就不知不觉喜欢上他，依赖他了。又想他已经离婚，也没什么不好，一心一意托付给他了。后来我才知道他是骗我的，他只是把我当玩伴。我请病假一个月，手腕上留了三道刀疤，因为当你内心痛苦的时候，必须得用肉体的痛苦去对冲，否则心会裂掉。现在呢，在情爱方面，是心如止水，一方面是害怕爱情，一方面是不相信吧！"

"这是典型的一朝被蛇咬十年怕井绳。你要明白，世上的男人，并非个个都是那个德行，好男人也是有的，你这么年轻，不能因为一片叶了而忽略整片森林。"

"你不明白，一颗受伤的心，是不由自己控制的。男人，现在对我来说，就是一把刀，只会在我伤口上补刀！"

虽然是卧底的角色，探听的是练丹青犯罪的蛛丝马迹，但是郑天天在艺术乃至生活感觉上，确实把练丹青当成师父，不影响推心置腹。就如对于郑国风，郑天天一直存在怨恨，但并不妨碍有时候看起来父女情深。

练丹青听了无语，给郑天天又倒了一杯啤酒。世间的欢乐有各种各样，但是痛苦，确是相通的。每一个有过铭心刻骨的心痛的人，在某一刻都可以成为惺惺相惜的知己。

"既然你那么了解我的父亲，那我问你一件事，我妈为什么会在医院寻短见？"郑天天问道。

"这个问题，我倒是没有和他谈过。你为什么不问问他自己？"

"他解释过，但我觉得没有说服力。我妈不是那样的人！"

"你不信你爸爸？"

"客观地说，我完全不了解他，不了解他真正的内心，他对我的爱，是一种概念性的爱。不了解他，就像不了解他和我妈之间的真正关系一样，对我而言，他是一个谜！"

"所以，这个也成为你心里的一个疙瘩？"

"嗯，应该说，这个是我心病的源头，他让我在情感上不再相信任何一个男人，即便是我父亲！"

练丹青闭上眼睛，喃喃道："也许我的女儿，也是这么想我！唉！"

午后，两人继续在村里淘宝，恰碰到一个老主顾董三条，把练丹青拉到小巷子里，显然是有重要物件交易。董三条特意指了指郑天天，问这是什么人。郑天天虽然穿得朴素，但是眉宇之间还是流露出英气，不像个市井江湖之人。练丹青说，那是我徒弟，学掌眼呢，你放心吧。

董三条这才掏出一个物件，是一卷黄纸，上有文字，道："你看看，这玩意儿听说可值钱了。"练丹青细细端详，这几卷纸张，纸上墨书小楷，写的乃是官员的升迁、委任、考核、俸禄事宜。练丹青道："如果按照上面的文字，写的乃是明朝官员的生平简历文书，但是这纸张崭新得跟刚买来一样，有仿品的嫌疑。"董三条急了，道："它就是这么新，我有什么办法，别人不识货，原来你也不识货。"练丹青道："明朝的纸张保持这么新，你倒是说出来处，看能不能说服我。"董三条道："不说了不说了，不信就拉倒，回头你会后悔。"恨恨而去。

郑天天道："既然造假这么明显，他还拿来给你，是不是太小看你了。"练丹青沉吟半晌，道："很有可能是真的。"郑天天奇怪道："不对呀，如果是明朝的文书，经过历代保存摩挲，包括纸张的风化，那纸也应该有百年的磨损褪色的痕迹。可那纸张真的太新了，连我都能判断出来。"练丹青道："从用笔笔法、公文制式上看，都符合明代的特征，只有一样，就是太新。你说得对，经过几百年磨损的纸张，我们一般人是都看得出来的。但是有一种情况，如果这纸张是被封存起来，几百年根本就不接触空气，这样也是成立的。"郑天天道："可是要代代相传，经历各种历史变迁，甚至跟着主人颠沛流离，做到不接触空气，那太难了，很难说服我。"练丹青道："所以说只有一种情况，埋藏在地下，从未被人打扰。你猜是什么情况？"郑天天毕竟聪明，眼睛一转，"地下，难道是在……"练丹青道："对，很有可能在古墓里，用蜡封住，这古墓一直没有被人发现，而且里面的温度和湿度都达到一个稳定值。我刚才问他出处，他选择不回答，所以很有可能是盗墓分子取出来的。"此时的练丹青，在他自己擅长的领域，化身为福尔摩斯。郑天天道："既然有可能是真品，为什么不收？"练丹青笑道："这种出土文物，要是在自己身上过一手，将来不论是哪个环节出问题，都会引火烧身。我可不想再吃牢饭了。"郑天天心里一动，道："也就是说跟坐牢沾边的，你都不干。"练丹青笑道："那可不是，这一点你大可放心。一人坐牢，全家受害，我不仅仅是为了自己。"郑天天道："看来我没白叫你师父。"

郑天天回到警局，志得意满，到高副厅长那里汇报工作。高副厅长一看她的架势，道："不用我问，肯定有收获。"郑天天道:"是呀,没有收获的话,我也不会收手。这次的收获就是,我们不用把线索放在练丹青身上,他已经金盆洗手,改邪归正了。"高副厅长皱眉道:"这不算什么收获吧?"郑天天道:"当然,真正的收获是有一条新的线索,在定海村的董三条身上。"接着便把详细情况汇报一遍。高副厅长沉吟片刻,道:"练丹青这条线是钟细兵副所长牵起来的,叫他来研究研究。"

钟细兵匆匆赶来,听了消息,心里暗暗叫苦:真是头发长见识短,什么狗屁心理学,都不如硬干!但是现在他老练了,不会像以前一样张口就骂。他拍着胸口道:"我敢肯定,练丹青这条线,一定有。如果没有,你把我这身警服剥了都行。郑天天同志,你要知道姜还是老的辣,你更要知道,你是一个警察,工作不能感情用事,更重要的是要运用公安手段。"

钟细兵根据练丹青出狱后设局套路乔教授,以及近日的种种行踪,推断是一条大鱼。但是他不能把乔教授的事说出来,一是碍于清誉,二是因为乔夫人和乔乔更不愿意在他入土之后,把他的事拿来做文章。

高副厅长转向郑天天,道:"与罪犯斗智斗勇的事,第一,你要记住,螳螂捕蝉,黄雀在后,谁也不知道自己是蝉、螳螂还是黄雀,水落石出才知道。第二,如果没有证据,不要轻信对手的任何一句话,最真诚的那句话,有可能是最大的坑!"

钟细兵看见高副厅长虽然没有批评郑天天,但更肯定自己的工作经验,心里松了一口气。

郑天天被高副厅长这么一提点,心中虽然不悦,但更多的是警觉:练丹青是不是故意在自己面前装老实?如果是这样的话,那就藏得太深了。继而想到爸爸跟练丹青这样的人交往这么深,不是一路人凑不到一块儿,一丘之貉,老谋深算。她心中的疑窦更深了。

台风在浙江温岭登陆。受到台风圈的影响,福州的大风大雨还是持续了两天,渔排受到一定程度的损失,城市里电力受影响,榕树的枯枝砸坏了几部小车,基本没有人员伤亡。台风后的天空一碧如洗,在环卫工人打扫完落叶后,大街也干净,街上的人也有一种劫后余生的喜悦。

练丹青如约来到国风堂。经过台风大雨的冲刷,街上的青石板光洁如洗,整个古玩街像一件艺术品。郑天天晓得练丹青要来,早在守候,她给师父买了一个手机,算是拜师的礼物。

郑天天当然也有自己的目的：手机经常跟什么电话联系，这是可以查出来的。练丹青见了这稀罕物，一副高兴的样子，但又婉拒道："这高科技东西，我不用的。"郑天天硬塞到他手里，道："你要跟时代同步，要不然我有事联系你都联系不着。"练丹青道："你有什么事会着急联系我，公安的电话，我都不太愿意接。"郑天天道："你想哪儿去了，我肯定是自己的手机给你打的。"郑天天手脚麻利，到里间把茶台收拾下，把肉桂泡上，对练丹青道："师父，对不住了，我得去忙下工作，你们好好聊。"练丹青道："正好，我们哥儿俩要聊点知己话。"郑天天骑上电动车留下一个背影，练丹青道："你收藏的这一屋子东西，都抵不上你这个宝贝女儿。"郑国风笑道："此话怎讲？"练丹青道："我喝杯茶压压惊再说。"

武夷肉桂，成茶外形紧结呈青褐色，汤气香味扑鼻。一杯下去，七窍相通。练丹青惬意地叹了一口气，道："知子莫若父，你说得对，郑天天确实是来卧底的。"郑国风道："你怎么判定？"练丹青道："董三条被抓了。"

寿山村的郑红弟去山上挖笋，无意间挖通一个大墓，见四下无人，便将入口掩埋。按理这种事情应该上报文物部门，他之所以不上报，是因为有过盗窃文物的前科，这次意外挖出古墓，又勾起了他一夜暴富的幻想。过了半月，他联络了董三条等四人，准备大干一场。四人趁夜一通猛挖，一只红色的棺材显露出来，撬开之后，将里面的印章、砚台、蜡封文书等宝贝取出。几个月之后，通过董三条，其他的文物一一出手了，仅仅剩下那份文书，每个买家都质疑这封文书的真假，因为太新了。公安机关根据郑天天的线索，控制了董三条，并让他交出文书。根据文物专家的鉴定，这封文书共十七卷，为纸质，记载了墓主人入仕三十年来的升迁、委任、考核、俸禄事宜，距今有五百多年，成为明代官制的详细注解。由于文书出土时外面封蜡，再加之墓用三合土浇筑，所以保存如新。

董三条被抓的消息一传出，练丹青便明白了郑天天的来意。

郑国风笑道："儿大不由爹娘了，你没有着她的道？"练丹青道："怎么说我也是个老江湖。董三条那件货不错，我不收，也是为了探她的底细。年轻人，还是沉不住气。老郑呀，你有这个女儿，以后不用操心什么了，别人是欺负不了她了。"郑国风道："本来就是她欺负老子。"练丹青道："这可不怪她，是你从小就对她太严,她对你有气呢。如果是我的女儿,我肯定疼她还来不及,绝不逼她学这学那的。"

两人谈笑风生,显然没把郑天天的那点道行放在眼里,只当是小孩子过家家的本领。三泡茶后,郑国风转谈正事,道:"公安那边我是打听到了,这次是有一个行动,公安部发起的,叫海上丝绸之路古代沉船文物保护行动,简称'丝路古船'行动,要求根据线索破获沉船文物案件做典型,并给海上渔民做警示教育。公安部门已经做了很多部署,特别是在码头澳口,我看你们目前的方案很容易暴露,目前应该停止行动。"

"'丝路古船',这个行动跟我们的行动,很像呀。"练丹青叹道。

"是很像,你想捞出沉船宝贝,他想捞出你。"

练丹青沉吟半晌,道:"停止行动是不可能的。即便我同意了,池木乡也不同意,他才不会被什么行动吓倒。"

"胆子大,不知进退,这正是可怕的地方。"

"如果是陆地的行动,必须停止。海上不怕,避其锋芒就可以了。另外你想一想,现在船已经找到了,只要再努力一把,宝贝唾手可得。再说了,这次解散打捞团队,下次再聚集,就不那么容易了。"

郑国风看着练丹青的眼睛,道:"你说池木乡狠,我看是你狠。"

练丹青道:"瞧你说的。主要是你不了解我经历了什么。"

郑国风跟练丹青交往有限,知道他坐过牢,但毕竟还不是知根知底的。郑国风道:"不管你经历什么,在我这里,就是生意,生意的话,最讲究的是控制风险,只有风险可控,我才能帮你。"

郑国风提出两点,第一,绝对不能再在码头澳口上下。第二,切断上下线的联系。即便打捞团队被捕,也不能被顺藤摸瓜找到出货的下线。

练丹青当机立断,说好解决。第一,让池木乡把驻地搬离岛上,在他的家乡草屿岛活动。那里虽然环境艰苦一点,但是他的主场,可以自在驰骋。第二,池木乡是讲义气的人,万一失手,他决计不会交代出下线。郑国风表示,如果能做到这两点,他继续参与;如果做不到,这件事就与之无关。

练丹青哼哼笑道:"郑老板从来不做有风险的生意?"

郑国风道:"生意都有风险,不冒风险做不了生意,但我要把风险降到最低。这是我的原则。"

13

盗捞团队迁移到草屿岛之后，伙食成为一个大问题。出海是体力劳动，不能回来了还饿着肚子没着落。池木乡想到的是把阿兰调过来。岛上环境比较艰苦，生活单调，池木乡心想不免要费些口舌。哪料到一开口，阿兰便爽朗应允了，似乎在期待这个活计，且道："捞到宝贝，得算我一份。"池木乡道："那是必须的，厨娘也是顶重要的。"阿兰屁颠屁颠地来了。池木乡道："怎么不把孩子带来？"阿兰道："嘿，我们这是干偷偷摸摸的勾当，你当是旅游呀？"池木乡道："我顶喜欢孩子的，跟着上岛不碍事，安全得很。"阿兰道："我是来干大事的，孩子放在姨那边了，你可说话算数，算我一份。"池木乡捏着她俏丽的脸蛋，道："你这个钱串子，来就是为了钱。"阿兰娇声道："谁说的，还有为了你呀。"压低声音道，"我不在的时候，有没找别的女人？"池木乡道："我现在还有心思想裤裆的事？

脑子里全是什么青花瓷！他娘的，这么难搞，哪里还有老子真想去抢过来！"阿兰握住池木乡的裆部，道："不管你想不想，以后都不准对别的女人动心思。"

阿兰还带来了一个让人不安的消息："警察在查少林的事了。"

阿兰目睹了警察来调查少林的场景。

池木乡一听脸色就变了，整个行动，他一再要求保密，但还是破防了。他想起台风来临之前，少林私自开船出去，说是去买东西的事。

"这小子，我一看就不是好东西。"

"有危险吗？"

"事儿大了，警察要是顺藤摸瓜，恐怕咱们要被一锅端。"

池木乡沉吟片刻，道："这事你别管了，我见机行事。"

台风后，池木乡如愿以偿，重新纠集了人马。

船仔还是无法违抗父命。他无法明白父亲的心理，不知道是信仰、信用，还是怕池木乡，总之，父亲以命相逼，这不是开玩笑的，也是他无法违抗的。他跟着父亲回到池木乡的船上。

池木乡警告道："我可不逼你做事，你要是来了，别三心二意的，我可没那耐心！"老欧慌忙道："他还是孩子，一时糊涂，承诺过的事，我们一定要兑现的。"池木乡道："你让他自己说！"船仔心里叹了口气，像喝尽一杯苦酒，道："我是自愿来的，直到捞到元青花瓷，我才会回去，咱们两清。"池木乡道："你再说一遍。"船仔又说了一遍。池木乡还要他再说一遍。船仔道："你这什么意思？"池木乡道："我叫你多说一遍，你都不肯，还会兑现吗？"船仔吸了一口气，又说了一遍。池木乡道："你这种没有信用的人，最好每天说一遍。"

大海有着无尽的包容，同时又有无穷的苛刻。你晓得沉船就在那里，却打不开宝藏。几个人费了九牛二虎之力，还是无法打开通往沉船的入口。沉船被水草、牡蛎壳和淤泥包裹，就像一座小山。你可以潜到深处，敲敲打打，但无法撼动山头。它像一座堡垒，保护着沉船。池木乡自诩是海上的枭雄，他从心底不承认自己对大海无能。他一怒之下，决定用炸药打开沉船。他有海上炸鱼的经验。但是炸鱼一般都在海面上，用手指拉钩后炸药扔在水面，然后驾船快速离开。现在的难处是水炮必须在水底下二三十米爆炸。这个难不倒他，他好像天生就有破坏世界的才能。他用土办法，把水炮密封放在二十米水下，试验两次，终于引爆成功。大海像腹痛痉挛，又像被煮沸了一样，激起了一场小小的海啸。池木乡驾着船只在远处观望，咧嘴笑了，那是发自内心的狂笑。在海上，他有一种战无不胜的雄心。

如其所愿，一些鱼儿浮出海面，露出白白的肚皮。海底一片狼藉，浊水还未澄清，池木乡就迫不及待驱赶三人下水捞宝。台风耽搁，进展缓慢，已经让池木乡急不可耐。老欧有经验，道："此刻水下视线不清，下潜有危险，明天下水吧。"池木乡吼："老欧，我们哪有时间等，拖一天就多一天危险，懂不懂？"老欧道："不仅视线不好，还不吉利，我这心里颤颤的。"老欧认为在海底爆破，是对海的不敬，此刻下水，容易遭到海的报复。池木乡不耐烦道："没那么多事，赶紧给我下水！"

船仔此刻倒是跟池木乡的意见是一致的。他既然下定决心，把东西捞出来就走人，迟捞不如早捞，道："爹，咱们下去小心点就好。能捞到宝贝，咱们明天就走人了！"少林附和道："我看行，这一炸，什么宝贝应该都炸出来了。"

老欧心里虽然惴惴不安，但眼前形势，肯定是拗不过他们。

在海上，气氛跟陆地不一样，任何对峙，没有退路。陆地上可以一走了之，但海上没有这个余地。老欧叹了一口气，闭上眼睛，跪下来，只得朝海面拜了三拜，嘴里念念有词。

仪式完毕，老欧戴上潜水护具，带着两个小伙子滚入水中。经过轰炸的海底，虽然沉淀多时，但仍然阴森森的，似乎怒气未消。一些悬浮物在海水中，像阴险莫测的活物，夹杂各种表情，森然作怪。老欧下水，从未有过这般奇怪的感觉，只能在模糊的视线中，紧盯住船仔和少林，时刻提防黑暗中冒出一个恶魔。两个年轻人倒是不怵，在能见度不高的水中奋力向前，好像奔赴一个新世界。两人都有急切的欲望：少林想早点捞到宝贝，实现一夜暴富。船仔呢，则想把情债还了，换回自由自在的生活。

珊瑚板结在炸药的冲击波下轰然裂开。但像是施了魔咒，好像裂得不情愿，只是像龟甲一样悄然裂开，似乎还在忠心耿耿地保护沉船。而还在泛起的浮游物质，则干扰了打捞者的视线。

既然保护层破裂，就好办了。三个人合力把裂片移开，露出沉船真容。见到的样子,好像是这艘船只在上个月沉没,你想象不出是躺了几百年的东西。按照预想,压舱里应该是满载的瓷器,但是他们摸索许久,连块瓷片也没捞着。时间紧迫,老欧朝两人打了手势,改变了目标。三人在浑水中摸到什么算什么,塞到腰间的网兜里。池木乡之前叫嚣:"一定要捞到东西,没捞到就别上来。"他们也明白,凡是沉船上的器物,必定都是文物,好歹都是值钱货。老欧手伸进船舱缝隙,摸到一个圆形器物,不管是什么,先放进网兜。再次把手伸进去,突然间自己的手被另一双柔软的手握住。是的,是被握住。老欧的手抽不出来了。他吓了一跳,身体一抽搐,氧气罩差点脱落。要是在陆地上,老欧早已经鬼哭狼嚎了。老欧的一颗心要喷出胸腔,几乎昏厥,他死也想不到几百年的沉船里会有活物,便是吃了豹子胆的人,也会吓得屁滚尿流。饶是他是老手,没有被吓晕,刚喘出一口气,一阵乌云劈头盖脸撞来,眼前瞬间黑暗,如同坠入地狱深渊……

李云淡把一张青花瓷印花的粗布铺在桌上,练丹青则从布包里一件一件取出东西,小心翼翼摆在上面,都是一些铁器,锈迹斑斑，一不小心就会脱落，锈上还有绿藻的痕迹。

这是海底爆破后，老欧、船仔和少林三个人在海底的收获。

"没有瓷器？"李云淡问道。

"唉，是呀。"练丹青长叹一声，"现在问题有点大，有铁器却没有瓷器，不知道哪个环节搞错了。"

李云淡见了古玩，就跟大烟鬼见了鸦片，倒是不在乎价值，早被吸引过去，拿起锈迹斑斑的家伙细细辨认赏析，眼里满是饥渴。片刻，他从书架上找出一本书，细细对照。

"这是矛，这是剑，这是挠钩，这是分水刺……"李云淡对着图谱一一指出，并且判断，"看来，这是一艘兵船。"

"是呀，我的心凉了半截。船上尽是些几百年前的破铜烂铁，这不是白干了吗？！"练丹青皱眉道。

"谁说兵船就没有价值，还有捞上来没带过来的东西吗？"

"有呀，带过来恐怕你得吓死。"

当时老欧屁滚尿流浮上来差点闭气，船仔和少林也随之上来。三人从腰间网兜里拿出战利品，就是这些破铜烂铁。老欧从网兜里掏出一个圆物，原来以为是坛坛罐罐，定睛一看，是一个骷髅头。老欧全身瘫软。

老欧是有神论者,打搅了几百前年的海底魂灵,这个罪过可不小。按照习俗,老欧赶紧在草屿岛上找了个地方,把骷髅埋了,做了个碑,天天点香告饶。此地自古以来,渔民在海上看到溺水浮尸,都要收埋祭拜,以后这个魂灵,便是你在海上的守护神。而这个骷髅本来在沉船中受到珊瑚板结的保护,已经成为海底的一部分,现在被弄上来,只怕要恶灵缠身的。池木乡倒是不以为意,说几百年了,有魂灵也烟消云散了。老欧却有不同见解,说修炼了几百年的魂灵,法术才高,若是没有收拾好,一定是厄运缠身。

"几百年前的骷髅,也是文物吧,怎么不带来研究研究?"李云淡质问道。

"还有那闲心?"练丹青道,"该想想的是下一步该怎么办。"

"以后跟他们说,有什么都弄过来,别老想着钱,要考虑考古价值。"李云淡吩咐道。

"咱们是寻宝,不是考古,没用的整来做甚!"练丹青倒是不想增加额外的麻烦。

"老练,我跟你说,这一行是靠眼光才能发财,你不先考古,靠卖力气能捞出什么?"

这么一说,练丹青也觉得有道理,这一行当然不是靠蛮力赚钱,但是现在自己着急呀,只好道:"你说得对,你赶紧给我研究一番,说个子丑寅卯,给我一条活路。"

"你的活路不在这儿,在你女儿那边。"李云淡道。

"那倒是,怎么样,有进展吗?"

"钱还在我这儿,但是呢,你老婆答应你女儿回来,让我见面谈一谈。"

"太好了,一定要多说我的好话,让她认我这个爹。"

"放心吧,只要你变好,别让我言而无信就行。"

两天后李云淡得出结论。这艘船应该是海盗沉船。理由是船上有一件兵器,叫网刀,这是一种两头尖中间宽的随身利器。网刀本来是渔民在修补渔网时,用来切割网绳的随身工具,刀口锋利,刀身乌黑,只有刀刃上有一条银白,能轻松割断胳膊粗的缆绳,中间宽阔处,是手攥的部位,没有锋刃。网刀原本是渔民的随身工具,比如修船时,漏水的船缝里塞进麻绳,再涂抹胶泥,用网刀割绳,刀尖挑着麻绳,塞进船板缝隙;在篷帆上续接绳索,嘴里叼着网刀,一只手打结,打完后用网刀割去多余绳索;潜水采珍珠,再用网刀撬开蚌壳,取出珍珠,诸如此类,网刀几乎包揽了船上琐碎细活,是须臾不离身的趁手工具。当这些渔民因为生活所迫,成为海盗,他们把网刀带上海盗船,网刀居然成为飞来飞去的暗器,与飞镖相似。史料记载,海盗林凤曾使用网刀,伤了官兵的主帅,从此官兵水师忌惮网刀,用了藤甲盾牌来抵御。擅使网刀的海盗,在腰带上安装了密集的皮扣,网刀插在皮扣上,海盗在船舷上来回跳跃,网刀掷向蜂拥而至的官兵,人群一茬茬倒伏而下。此种战况,记载详明。

除了网刀之外,打捞上来的武器庞杂,这也正是海盗船的特点。老欧捞上来的那颗骷髅头,也许真是随船沉没的海盗吧!

一般来说,海盗是最熟悉海洋环境的,不会像商船一样因风浪行驶不慎而触礁沉没,那么最可能的是战斗而沉。难道这里有发生过海战?是兵船让其他的船只与之战斗?

李云淡的另一个推理认为,有海盗船出没在交通要道之时，必然有商船经过。况且渔民捞到的青花瓷，可以确定就在这一片海域附近。在海盗船与商船之间，还是可以找到联系的。

历史浩渺，也许在当年发生的惊心动魄的事儿，如今不过是一朵时间的浪花。没有时光的挖掘者，谁能知晓一二？

在县公安局办公室里，专案组听完一段录音之后，大伙纷纷鼓掌向郑天天表示祝贺。这段录音的信息很重要：第一，表明练丹青在搞一项重大的沉船打捞活动；第二，打捞团队大本营会转移到草屿岛，不再上岸。

高副厅长道："郑天天同志这一次是真正的大义灭亲，咱们一般人都做不到。"郑天天道："高副厅长呀，不知道你这是夸我还是骂我，我可不是我爸养的白眼狼，我们必须要在我爸进入犯罪程序之前，结束这个案子，否则我是不干的。"高副厅长道："那是必须的，我们相信有这个能力。"郑天天道："还有一点，我要感谢钟细兵副所长，要不是他的提醒，我还沉浸在感情用事的判断中，以后我不会在破案中投入感情了。"钟细兵笑道："你有点矫枉过正了，我们做任何事不可能没有感情的，在一个案件中，对受害者、对弱者的同情，甚至是行凶者执迷不悟的遗憾，这些情感都会在的，也是我们去完成使命的动力，但是，不要让感情干扰了判断，这是一个技术性的问题。"郑天天道："我这刚理出一点头绪，你又把我绕进去了，你这到底是要我用情感还是不用？"钟细兵道："必须用！我之所以强烈要求加入专案组，就是因为心中有强烈爱恨。没有情感的事业，是不值一提的。"郑天天皱着眉头道："你又玩高深了。有时候我觉得你是个很好的师长，有时候，我觉得你应该去精神病院。"

郑天天有时候会觉得惭愧，原来自己的伎俩已经被练丹青看透，却还在自作聪明地师父师父叫着。那次趁着给练丹青和郑国风备好茶水的间隙，她在茶几下装了录音设备。这也是在钟细兵的指导下想到的。她也曾经矛盾，犹豫该不该这样做，因为内心里真把练丹青当成师父的，练丹青的阅历，对艺术的造诣，对情感的渴求，都让郑天天深受震动。对自己的父亲就更不用说了,这一举动，难道表明自己有"弑父"情结的嫌疑？她一遍遍地梳理，最后做出决定，先把感情放下，把职业放在第一位。其次，自己侦破案件，就是为了阻止父亲和师父滑向犯罪的深渊，假如他们有从事犯罪活动的话。想清楚之后，她伸出手,把录音笔粘在桌下。然后她带着愧疚的心告别他们,甚至一眼都不敢直视,离开了国风堂。

14

　　草屿岛大概有三平方公里,有两个自然村,隔着一道小山坡。几座石屋散落在岸边山洼平地。岛东面水深,有一个小小的码头,但必须是涨潮时分直接靠岸。如果是退潮时分进入港道,则不得不走几个石头"丁步"才能上岸。上了岸,右侧有个小山坳,风被挡住,不晓得谁种了桃花,春天时居然满树灿烂,但开得都会比岛外的花晚一点。外地来的客人猛然看见,都笑称桃花岛。但桃花比起漫山遍野的草甸来说,只不过是九牛一毛。山上风大,除了一些适合生长的相思树和松树,便是不怕风的草了。

　　岛的西边,有个月牙形的沙滩。渔民劳作的船只停在沙滩上。下海时,如果潮水不够,他们要把船推到水里。

　　老欧把骷髅头葬在桃花坞上,这是个顶好的位置。七日,便买了香烛又来祭拜。池木乡也是尊重风俗的,但看不惯老欧对这个头骨诚惶诚恐、惊惧交加,道:"几百年前的鬼,都不知道死哪儿去了,你大可不必费这么多周折。"老欧道:"你不晓得,它抓我的手,缠着我呀,那是想要我的命呀!"老欧想起沉船上的那一幕,就肝儿颤。池木乡却笑了,道:"亏你还是海上的老把式,那不过是八爪鱼,你就把自己吓出屎来,要是条……"老欧道:"我敢打包票,那不是八爪鱼,那就是几百年的老魂灵。"老欧回来后做了噩梦,感觉自己被纠缠了。确实呀,如果说沉船就是它的墓葬,现在你就是掘墓人呀,还让人家尸骨分离,不可能没有报应。

老欧带着船仔做头七祭,摆下祭品,虔诚致歉,唠唠叨叨:本意是寻宝,不想动了真身,也算有缘,葬在此处,年节祭拜,魂兮归去,保佑平安。又说,此事是他个人所为,与船仔无关,如果要惩罚,就惩罚自己好了。

如此重复,仿佛那鬼魂近在咫尺。在船仔的印象中,自从自己懂事后,父亲与鬼神通话,如同唠叨家常,十分真切。隔了一代,毕竟观念不同。起先,他只想那是父亲思念母亲,海上生活又孤单,往往他独来独往,不免把母亲还当活着,絮絮叨叨，还如在世。后来渐渐感觉到，父亲并非只是寄托臆想，而是他真正认为，阴阳相同，人鬼同在。两个世界的沟通，只是隔着一炷香，一缕烟。他也认同了父亲的执念，父亲做此类事情，他便打下手，并真诚地认为这是生活中重要的部分。

坟头祭拜完了。父亲又拉着船仔，顶着一炷香，向着沉船方向的大海遥拜，嘴里念念有词，意为那是原来海底魂灵栖息之地，不意被自己打扰，如今魂归陆地，又离极乐世界近了一步，海陆殊途，各自相安。船仔遥望沉船方向，海上雾气蒙蒙，似乎隐藏了千百年的沉船秘密，在父亲如神咒的呢喃中，蠢蠢欲动……

浮尸是在海坛岛岸边被发现的。最早发现的渔民以为是猪，因为尸身肿大，稍远看过去，分不清是人是物，其次，渔民有看到野猪渡水，从陆地山林往岛上游，一般是一公一母，几公里的海域，撑不住了死在海里也不奇怪。但是近前一看，是浮尸，身上还绑着绳子，一看就晓得不是寻常的溺水，赶紧报案。

接到报案，钟细兵比县刑警队还早到。尸体的怪模样把人吓得不轻，简直像看见一个四不像的海怪。尸体肿胀到辨不清原来的面目，狰狞之状，会让人做噩梦。后背被绑了两根水泥柱子，用绳子一圈圈绕起来。由于浮肿，绳子勒进去，若隐若现，又像紧身装束，恶心难当。尸体已经高度腐败，恶臭扑鼻，浮在水面上。钟细兵跟着法医，戴着手套，去把尸体拉到岸边，道："干了这么多年警察，头一次见到这么恐怖的。"法医道："这是典型的巨人观，严重变形。"

巨人观是一种尸体现象。人死后，那些寄生在人体内的腐败细菌，失去人体免疫系统的控制而疯狂滋长繁殖，产生污绿色的腐败气体，充盈在人体内。腐败巨人观，使得颜面肿大，眼球突出，嘴唇外翻，舌尖伸出，胸腹隆起，皮肤呈污绿色，肿胀成巨人，难以分辨生前容貌。难怪村民初次见了，以为是海怪。

初步判定，这种绑法绝非死者所为，必定是他杀。死者要么是被绑后沉入水中溺水而亡，要么是被杀死绑上水泥柱沉入水中。凶手想要沉尸海底，让受害人人间蒸发，但是没想到腐败巨人观出现，尸体膨胀产生浮力，带着水泥柱浮出水面，又被海浪带到岸边。

尸体难以辨认生前模样，只能判断是一个男性，身高一米六八。残破不堪的衣物上，没有能证明死者身份的遗物。法医进一步对尸体解剖之后，证实死者是被人掐死的。整个县，特别是附近海岛的失踪人口排查工作开始。

"丝路古船"行动并无实质进展，而自己辖区内又出现命案，这让钟细兵不免感到一丝焦躁，焦躁之中又有一些兴奋。这是一种直觉，他不明白兴奋来自何处。桌子上的烟灰缸里，有满满一缸的烟蒂，都是一个下午的成果。所长一进来，被呛得咳嗽起来，叫道："钟细兵，你不要命，这不是吸烟，这是吸毒！"钟细兵却仰着头，沉浸在云山雾罩之中，像傻了一样。所长怒了："钟细兵，你被施了蛊术吗？"钟细兵依然沉浸在遐想之中。所长恨恨离开，叫道："他娘的，我是所长还是你是所长！"

钟细兵沿着他的直觉，在一路往下推理，想找到自己兴奋的源头。这种源头，是很可贵的灵光乍现的第六感。这个海上沉尸案，明显是一场残忍的谋杀。回想自己经历的海上案件，有渔排上的纠纷，有滩涂地域纠纷引发的争斗，有走私海上搏斗的，有出过人命，但属于激情杀人，不用侦破。这种蓄意谋杀的,该有多大的仇多大的恨,或者背后该有多大的利益?他沿着这个思绪走下去,渐渐找到兴奋的源头:谋杀案与打捞文物案,会不会重合?

目前还没有证据,只是自己的直觉。但是以钟细兵的经验来说,直觉非常重要,他的直觉,是他对这一带的海洋状貌、风土人情与村民习性的一个综合,绝不是天马行空的想象。

他马上打电话给高副厅长,阐明这一思路。高副厅长是各路信息集中和传递的枢纽,他听完后沉吟片刻,既没有肯定,也没有否定,只是说目前案件有两个线索的嫌疑人下落不明,你可以联合调查警员一起追查。

高副厅长知道,让钟细兵排查下去,两案是否并案,自然水落石出。

线索得从十几天前说起,也就是台风刚退的时候,城南所警员周幸福和李安全,得到一条贩卖海捞瓷文物的信息,追根溯源,冒着还未消退的台风余威,找到上线贩卖的青年少林。少林家在城郊后岗村,父母是捡破烂的,住在平房里,也不太清楚少林在外面做什么。两个警察在家守候,终于等到少林回来。但是少林却死不承认，现场搜索，也没有找到证据，只好作罢。由于他没有通讯联络方式，等公安取证完毕，第二次传唤他，就消失不见了。

很快，少林作为失踪人口，列入了寻尸名单。浮尸与少林的身高倒是吻合。做进一步鉴定，进展异常顺利，DNA 鉴定显示，死者就是少林。

根据对周边人的调查，得知两点信息。第一，少林在台湾人投资的渔排上工作。第二，他正在追求冰冰，走得比较密切。这次回乡期间，他与冰冰打过麻将，一起吃过饭，后者可以算是最后见过少林的人。

钟细兵是亲自带着警员去调查冰冰的。就像吃一块上等的鱼生，他不能让别人先动，一动味道就变了。他的直觉，从这里一直往里挖，可以找到自己想要的东西。

冰冰长得鹅蛋脸，轮廓光洁，是美人坯子，她不说话的时候，是个神仙人物。但是一张口，就有了社会习气，你便知道是个本地的社会女子。不管如何，是个很吸引人的姑娘，也难怪少林会喜欢她。

"说一说少林跟你见面的情况。"钟细兵单刀直入。如果冰冰想遮掩什么，这种文法在逻辑上没有躲避的余地。

冰冰见公安来访，眼神有点慌乱，这一点被钟细兵捕捉到。他决定步步为营，突破她的防线。

"那是在台风来临之前吧，我们在朋友家打麻将……打完了他请我吃饭，然后，然后就是这样。"冰冰保持着警惕性。

"你跟少林是什么关系？"

"没什么关系，算是一般的朋友关系。"

"朋友关系他为什么请你吃饭？少林在追你，这是很多人都知道的，你们的关系绝对不止于此。"

冰冰有点慌了。毕竟年轻，没见过什么阵仗，警惕变成了一种爱咋咋的撒泼，道："他追我，可我还没答应他，怎么不是普通的朋友。"

"你当然可以不答应，不过能告诉我为什么吗？"

"他麻将打得那么差，来一回输一回，我要是嫁给他，哪有什么前途。"

钟细兵差点笑出来。这姑娘确实有点幼稚，但是她的恐慌背后，指定藏着秘密。

"少林现在在哪里，你知道吗？"

"我不知道呀,他走了好多天了。"

"没告诉你去哪儿?"

"没有,他说去赚钱,但是不告诉我干什么,我也不问。"

几回合下来,冰冰的情绪稳定了,钟细兵道:"少林出事了。你是少林最后见的人,而且不止跟他见一次,要把跟他交往的细节,交代出来,要是隐瞒的话,是要负法律责任的。"

在法律的帽子下,冰冰终于崩溃了,道:"少林到底怎么啦,你能告诉我吗?我还等他回来呢。"

"你先说吧。"钟细兵不容置疑道。

少林虽然牌技不高,但是在牌桌上喜欢给冰冰放牌,而且有几次让冰冰做了"金顺"。麻将的"金顺",是难得一遇的牌子,可以让人心花怒放,爽到极点。这一招让冰冰十分受用。少林还说,要给冰冰买手机,这让冰冰相当感动。哪有女孩子不喜欢被宠爱呢,况且冰冰真的想拥有一部手机,型号都看好了。冰冰想,如果少林真的买手机,就证明对自己上心,关系可以再推进一步。台风之前,少林跟冰冰说,他很快就会发财,让冰冰等着,还打听冰冰有没有交朋友。台风天,他们大多时间在打麻将,台风后,少林说要出去赚钱了,告别的时候,他让冰冰等他,他一定能成功。

"你有交其他朋友吗?或者说,有其他男孩子也在追你吗?"钟细兵问。

"没有没有,我可不是那样的女孩。"

"还有什么没说的吗?"钟细兵盯着她的眼睛问道,"现在你所知道的所有情况,涉及重要的刑事案件线索,有任何隐瞒,都有可能负法律责任的。"

"我还是说了吧!"冰冰突然就哭了起来,显然心底的秘密绷不住了。

少林带回来的几件瓷器,藏在冰冰那里,他跟冰冰说,这玩意儿值钱,一时脱不了手,等风声过了再出手,到时候手机要几部就有几部。之所以放她那儿,一方面是少林家里实在没地儿可藏,一方面是对冰冰的信赖。还有一个意思呢,告诉冰冰,他是有门路有前途的。冰冰也属于社会人,对其来路并不讲究,只不过听说能来钱,眼睛就亮了。

这就是冰冰心里的秘密。说完这些,也许她已经感受到严重性。

"你告诉我少林在哪儿。我想告诉他,我答应他的表白。"

冰冰似乎预感到什么，恐慌道。

"为什么答应？"

"他对我那么好，打麻将就想着我和，没想过他自己和。"

"唉。"钟细兵不无遗憾地叹了口气，这一桩淳朴的麻将爱情感染了他，但他不得不宣布，"少林，他已经不在了，他是被害的。"

预感成真，冰冰哇的一声哭了起来。

"有可能的话，这句话你在清明节烧纸的时候告诉他。"钟细兵安慰道。

"告诉他有什么用呀？！"冰冰涕泪交流。

问讯到此为止。在冰冰床底下搜到的七件瓷器，经过专家的鉴定，是造假的古董瓷器。钟细兵心有所念，把乔教授家里的赝品也拿来比照，问专家是不是同一批。专家说，不能肯定是不是同一批的，但是这一类型的瓷器，都是用仿品种上藤壶，放在海里几个月就可以完成。

钟细兵更加相信自己的直觉：少林的死，跟这些赝品古董有关系，两案并案的可能性又加强了。

15

几只运载干鱼的小艇正乘风穿过海坛海峡。这种运送干鱼的船只随处可见。在海上,干鱼像稻草一样寻常,甚至比稻草还要廉价。满载的干鱼,与船舷齐平,船上的水手,无处下脚,只好踩着干鱼行走。这些干鱼被晒得硬邦邦的,踩着也无妨。

在干鱼船队中,有一艘船只,吃水特别深,行驶也相当吃力。其他干鱼船与之相比,船舷都高出水面一大截。并且,由于东南风正盛,这艘船只被其他小船拉开了距离。

这一切都没能逃得过海盗的眼睛。

海盗船像鲨鱼闻到腥味,迅速从海岛隐身处扑来,急急包围最后一艘船只。而船上的水手一见这个架势,也慌张不已,转向船主陈秋生讨主意。

陈秋生祖上是福州城大户人家,家在朱紫坊,祖上为官。元末时期,天下大乱,便去了安南做生意。如今年纪大了,思乡日切,朱元璋也平定了天下,有长治久安之兆,便举财货回来。船上装的,主要是黄金与白银,十分沉重。从安南回来,水路遥远,路途凶险,陈秋生做了准备,冲过重重关卡。如今,算是到了家门口,只要穿过海坛海峡,在福清登陆上岸,便可到家。没想到最后一段海路,还是被海盗发现。想要逃跑,是不可能了。

陈秋生毕竟是大商人,在海路中要躲避海盗,除了花巨资伪装之外,还备了最后一手,在船上备了火舡。它是一种类似于木筏的火器,漂浮在海面,趁着顺风施放。其上堆积干草、硫黄等引火之物,点燃之后顺风漂向敌船。火舡前头装有铁钉,可以在风力作用下刺向敌船。钉上装有倒刺,一旦刺上敌船木板,就难以甩脱,火势便会爬上敌船。火舡是官兵与海盗在作战中经常用到的,大小不等,最简单的火舡,只是木板木片,或者浇了油的整根圆木。商船船主陈秋生此番备了一批火舡,有最后一搏之意。最不济的话,海盗为了避开火舡,自己的船能杀开一条路逃命也行。火舡顺风漂向包抄的海盗船。哪知道这些海盗与官兵周旋,早有准备,用长杆挑开火舡,完美避开,无一船只触火。因为商船的反抗,第一艘海盗船气势汹汹迎头而来,海盗手执长钩,志在必得。陈秋生见大势已去,不肯束手就擒，大喊指挥，把船迎头撞上去。因为这艘商船运载了金银，势大力沉，居然把海盗船撞破。船只漏水，很快下沉。陈秋生的运输船虽然船尖崩裂，但整体并无大碍，不愧是自己精心打造的船只。但此刻四五艘海盗船围来，哪能逃脱重围。海盗近在咫尺，纷纷叫嚷，要把人财俱擒，人未到飞刀先到，有些水手已经中刀，在这海面上，是没有逃路了。陈秋生想到自己操劳大半辈子，所获如今都归海盗，性命也不能保，心中不甘，冲着水手叫道："凿舱沉船，把金银留在海里，各位跳船，自找生路去！"水手忙去凿开底舱。就在海盗们要登船的时候，商船沉没。海盗气急败坏，将落水水手一一杀害。这次海战事件，只有一个水手泅水生还。

"这一次海战发生在明宣德三年，也就是1428年。"李云淡拿着一本古书《乌石轩笔记》，侃侃而谈，"这本书乃是明代闽人李增光所著，对此记载的地点，就是在碗礁，分毫不差。那么，我们现在找到的那艘兵船，就是那艘被撞沉的海盗船。"

你要对李云淡说他医术还有待提高，他可能会接受，但是要说他考古方面不行，他可能跟你急。博览古籍，寻根溯源，是他的兴趣和执着所在。

"有没有可能是他自己凿沉的商船。毕竟他的船上,也有海盗飞来的网刀?"

"不太可能,除了网刀,我们还淘出那么多被海水腐蚀的兵器,不可能是商船。如果是商船的话,金锭银锭应该早该淘出来了。现在,我们必须找到那艘凿沉的商船,我分析了文中记载,应该在海盗船的东南方,不到几十米的距离。"

"可是,这是明代的沉船,我们要淘的元青花瓷应该在元代的沉船上。"

"老练呀,咱们做学问呢,要严谨,要证据。元代的文物,在明代的船上,这是有可能的。但明代的文物在元代的船上是不可能的。咱们现在找的是元代文物,应该就在这艘商船上。"

"这我可不信。你的依据是什么?"

"我的直觉。"李云淡露出前所未有的自信。

"你还真是,我谈直觉的时候你就跟我谈证据,我谈证据的时候,你就跟我谈直觉,你这就没意思了。"

"我不跟你杠下去,有的时候直觉就是对的,我现在要根据直觉找证据,到时候让你心服口服。你呢,赶紧把那艘商船找到,一船的故事在等着呢。"

"呵呵，应该说一船的金银财宝在等着，池木乡才有动力。"

在草屿岛的东岸，峭壁之下，太平洋的风呼啸而来，掀起一阵阵海浪拍打礁石，日夜不停。船仔下潜之后，耳边的喧嚣就消失了。不管海面上风浪叫得多欢，水下永远是温柔、沉寂和宽广的，也可以说，水上是一片孩子的喧闹，而水下却是大人厚实的胸怀。

昨晚他做了一个梦。梦见自己在水中，突然身子一紧，转头看，自己被龙鳗缠绕着。梦里十分清晰，龙鳗丑陋的头对着他，露出狰狞的牙齿。那表情，也不晓得是挑衅，还是嘲笑。船仔奋力挣脱，但龙鳗力大无穷，不是他能够与之匹敌的。他喘着气，即便力道不足，也在与之缠斗，他相信龙鳗总有泄气的时候。他越来越喘不上气，大叫一声，终于醒来，一身冷汗。

他一下子放松下来，想不清自己为什么会做这样的梦。但梦中的紧张、压抑和郁闷，倒是似曾相识。

船仔一大早就从屋里跑出来，潜到海底。一潜到水中，他就觉得找到了自我，抛弃了束缚，内心中莫名的烦乱、慌张也随之消失。

也许少林的消失，是自己慌乱的源头。少林莫名其妙就走了。问池木乡，池木乡说少林不满意这里的工作，负气而走。船仔皱着眉头想，他要走，也该道别一下呀。池木乡解释，咱们这份工作是做贼的工作，他离开了，就不是贼了，有什么好道别的。

但是船仔越想越不对劲。第一，原来自己劝少林一起出走，但少林觉得发财机会难得，硬是不肯，现在少林自己跑了，怎么着也会怂恿自己一块儿走呀！第二，少林跟自己关系越来越好，一直说事情办完要带自己去城里耍，信誓旦旦，怎么会不辞而别呢？

谜团在心中越来越大，不安也笼罩着自己。也许这是噩梦的源头。

他潜到水底，在静静的水里挖大牡蛎。这是他渴望的生活。

他的屁股被一只螃蟹钳了一下，吃痛浮上水面，他被吓了一大跳：礁石上有个女子，裙裾飘飘，黑发掩住半张白皙的脸。而礁石上的女子，正在俯瞰前方，猛然警觉水里突然冒出一活物，也是一声尖叫，这下吓得不轻，掩住胸口半天。两人都被对方吓住，互相的惊叫又进一步吓住了对方，场面又惊悚又尴尬。

"我以为你是鬼呢！"船仔愣了半天叫道。

在这孤岛荒郊，人本来就很少。有的，也是晒得一脸焦黄的岛民。突然出现一个靓丽的城市的女子，会有一种不真实的感觉。

那女子笑了，"你才是鬼呢，怎么会从水里冒出来？！"

船仔听她脆生生的亮丽的声音，确定是个活生生的人。他指了指自己腰间的网兜，让她知道自己是讨海的。

那女子见了网兜里的贝类，很是感兴趣，走几步下来，喋喋不休问道："你是住在岛上的吗，太好了，给我介绍一下周围的环境好吗？对了，你肯定很好奇，我是来写生的，就是画画。"

船仔听她连续发问，并不回答。

女子奇怪了："怎么变成哑巴了？"

船仔盯着她，严肃地说："我不能说。"

女子好奇地问："你又不是哑巴，怎么不能说？"

"不让说。"船仔老实答道。

池木乡曾警告他：在岛上别跟人说闲话，更别透露自己的身份。对池木乡而言，这是必要的警惕。

女子奇道："你还挺神秘的，我就是一游客，你帮帮忙能怎么的？"

船仔摇摇头，又一头扎进水里。

女子微微一笑，觉得有戏，决心等他再次出水。

这个女子，正是郑天天。

专案组定下草屿岛侦查的方案之后，钟细兵自告奋勇，决心立功。钟细兵的理由是，他对周围海岛，包括岛民的习性，最是了解，而且有处理海岛纠纷的经验。从这一点来说，没人比钟细兵更合适。连高副厅长都露出赞赏的表情，但郑天天却石破天惊地认为，钟细兵是最不适合来的角色。第一，钟细兵来过海岛，处理过岛上纠纷，人家一下就知道是个警察，还不得闻风而逃。第二，这次是卧底侦查，应该派一个陌生面孔去。而郑天天认为自己就是最合适的，自己有绘画的功底，可以打扮成一个写生画家，去住几天都是合理的。

另外，专案组采用双管齐下的战术，一方面是对盗海源头的侦查，另一方面是对上线练丹青的跟踪。郑天天认为，钟细兵适合对练丹青进行跟踪。

郑天天的建议最后被专案组采纳。郑天天以一个写生画家的游客身份来到岛上,通过关系,寄居在独居老太太何伊姆家里。

郑天天到来后的第一件事,便是熟悉环境。她要了解这个岛屿的地形,这对以后的工作非常重要。她在巡逻了西面的月牙沙滩之后,背着画夹,转到东面的崖壁,如果要神不知鬼不觉停船上岸的话,这一边倒是有好几个好地方,不过必须等到涨潮时分。对于盗捞团队来说,登陆点肯定是监视的要害之地,一有动静,马上会逃窜。所以,隐秘的登陆点是相当重要的。

跟船仔对话时,她凭直觉认定,这个带着岛民特有的孩子气的青年,身上有疑点,似乎与自己的任务有关。谁不让他说话?他要保守什么样的秘密?没想到他潜下去之后,却久久不见浮上来。她转念一想,这不正是当"水鬼"的人才吗!

终于,那个青年浮上来了,赤条条的身子,充满活力,从水中冒出来的时候,更像来自海洋的生物。

"我还以为你上不来了呢!"郑天天笑道。

船仔从鼻腔喷出一股水花,貌似对郑天天的话感到鄙夷。你可以嘲笑他其他的,但别嘲笑他的水性。

"谁让你变哑巴了，你这么一大人，嘴巴还让人给封了！"郑天天有点激他。

船仔的眼前浮现出池木乡警告他的样子，确实有一种愤懑被激发出来。又不是我爹，又不是亲朋好友，凭什么管着这管着那。其实他早有这样的想法，只是被父亲的报恩思想摁住。简单而言，郑天天的话击中了他的心思。但是他又被郑天天的语气激怒，一声不吭，上岸准备回去。

郑天天无奈道："嗨，你们岛上的人，性格就是这么怪。嘿，你水性这么好，明大过来教我潜水呗。"

船仔停了一下，还是转身离开。

船仔也不清楚，第二天为什么会再次来这里，也许是个习惯，也许是因为少林不在了，潜意识在寻找一个人倾诉。少林突然消失的这个谜团整得他心神不宁。

练丹青指示，这几天海警开始行动，要他们在岛上待命。没有确切的消息，不能轻举妄动。对船仔而言，困在岛上，这是一段难熬的时间，还不如出海作业呢。

郑天天正在临海画画，看见船仔又来潜水了，会心一笑。从小到大，她对男孩子的要求，一般来说，是不会被拒绝的。

对这一点她一直很自信，虽然不会利用自己的魅力做过分的事。在这荒郊野外，同样适用。

郑天天故作轻松，好似昨天的拒绝从未发生过，跟老熟人一样轻松道："你来啦，我给你画一幅素描，瞧你这肌肉线条，多美呀。"

船仔光着上半身，身体还没有横向发育，苗条又结实，常年在水下劳作，胳膊肌肉分明，在有美术眼光的人眼里，自有一种介于少年与成年之间的阳刚气。

船仔瞧了瞧自己，不相信自己的身体是美的，摇头道："这么黑，有什么可画的。"

常年被海风吹，泡在海水里，他的皮肤光滑黑亮。他瞅了瞅自己，又瞅了瞅郑天天，很显然，郑天天的白皙才是美。

"这么黑才好呢，皮肤里藏着阳光与海风。"郑天天道。

这是船仔第一次被人欣赏，他的脸上露出难得的欣喜。以前他放假期间帮父亲干活，皮肤被太阳暴晒，开学后同桌的女生会笑话他："你怎么跟黑人似的。"

郑天天也从他的表情中看到被接纳的暗示。赞赏，是靠近一个人心灵最好的办法，现在，郑天天赞赏的是船仔最自卑的部分。

郑天天寥寥几笔，就把船仔的姿态画了出来，再加上明暗与色彩，便有了灵魂，配上蓝色海洋的背景，仿佛是海上自在的飞鱼。船仔第一次看见一个画家眼中的自己，那么矫健，那么灵动，那么自在！

"怎么样？"郑天天问。

"画得真好，不过太夸张了。"船仔中肯地赞叹。

"哪里夸张了？"

"画得太自在了。"

"不，我认为你出入海中比海豚还利索，自在就是你的灵魂。"

"恰恰相反，你看到的是自在，其实感觉身上被绑得紧紧的，或者说，这个岛屿，在我看来就是一座监狱。"

船仔告诉郑天天，自己并非这个草屿岛上的人，自己的家在古湖岛。

郑天天心里想，自己算是碰对人了。专案组告诫，你到了岛上，不要到村里乱逛，这样很容易打草惊蛇，所以她没有到村里打探，不惊动盗捞团伙。但是她从何伊姆那里打听到，东头石屋住着一伙人，有所怀疑，但并不准备靠近，而是让他们先知道自己是个游客画家，避免引起警惕。

显然，船仔很有可能是其中一员，她能感觉到。

"既然这座岛屿是一个监狱，你为什么不离开？"

"一言难尽。"船仔像个老人一样感叹，显然受够了被拘束的苦，又避开这个话题，"我倒是羡慕你，可以自由自在地出来画画。你爸妈不管你吗？"

郑天天笑了，觉得船仔毕竟是孩子，谈问题有时候像个老者，瞬间又回到少年的思维。

"我爸爸呢，当然管了，我要是不反抗的话，他还会像对待三岁小孩一样牵着我的鼻子走。但是我反抗了，就获得自在了。你呢？"

"我反抗过，但不成呀，我爹拿命来威胁我，我要是不从，岂不是成为杀父之人，唉，做人真难呀！"船仔哀叹道，又成了一个饱经风霜的人。

"也就是说，你现在在这个岛上做事，都是被逼的？"

"那可不是，谁也不愿意被别人牵着鼻子走。"

因为"自在"的话题，两人开始有了共同的语言。

"其实，大人都没那么脆弱，像我找工作的时候，我爸也是跟我要死要活的，我没理他，我觉得就是他的伎俩。"

"可是我爸不一样，他心中有神，觉得一切都是神的旨意，他从来不会说着玩儿的。"

"你就不能说说究竟是什么事，我毕竟比你大，或许可以给你拿点主意。"

"不，按规矩，我们做的事是不能告诉别人的，而且你也别打听，越打听越危险。"船仔依旧是老成又孩子气的表情。

"那，你妈妈知道这件事吗？"

船仔摇了摇头，把妈妈的走失说了一遍，"我不知道有妈妈是一种什么感觉。"

郑天天不禁感叹。她给他讲妈妈对自己的点点滴滴的爱，以及妈妈猝不及防离去的悲痛。船仔像是听到了奇异的故事。

"你的妈妈突然消失，是一个谜，我的妈妈突然死亡，也是个谜。"郑天天总结道。

"她不是跳楼吗？"

"跳楼没错，但是跳楼的理由是一个谜，她肯定是受了什么刺激，否则不会都不跟我道别。"

船仔若有所思，点了点头，"我也有一个朋友突然消失，我总感觉有问题。奇怪了，我们怎么都碰上同样的事情。"

"也许是缘分吧？你能说说你这个突然消失的朋友吗？"郑天天心有所感，觉得这个消失的朋友，肯定是个线索。

船仔摇了摇头，"还是不说吧，有些事只能藏在心里。"

郑天天怕打草惊蛇，不便强问。船仔身上肯定有谜团的线索，现在他为什么会被困在这里？如果他是盗捞团伙的一员，为什么这两天都闲着？他们出海的船只在哪里？只要有其中线索，就可以顺藤摸瓜。

郑天天看着海天一色的远方，对船仔道："如果能出海就太好了。"

船仔眼睛一亮，似乎想在郑天天面前表现什么，道："你跟我来。"

郑天天心里一亮，好像看到了打开谜团的一个入口。

船仔带着郑天天走到一个隐蔽的峡口，沿着陡坡下去，下面居然停着一条船，无人察觉。郑天天惊喜道："这是你的船？"船仔"嘘"的一声，拉着缆绳，让船只靠近岩石，两人跳了上去。船仔打量四周，发动引擎，船只颤抖了几下，向大海深处欢腾而去。船头犹如一把铁犁，把黄蓝的海水翻出长长的白浪。郑天天欢呼雀跃，仿佛是骑着骏马奔驰在草原上。

郑天天想起钟细兵提过，有一次见到一条可疑船只，外表看上去像普通的渔船，不像走私的"大飞"，速度却是"大飞"的速度，有巡逻艇的两倍多，根本追不上，有海上作案的嫌疑。

"好像比普通的船只速度要快？"郑天天贴着船仔的耳朵问道。海风呼啸，声音从嘴里出来，稍纵即逝。

船仔点了点头，船只提速，吃水更浅，几乎贴着水皮飞驰。

郑天天有失重的感觉，感觉人要被船抛弃了，紧紧抓住船舵，可又大喊道："还能再快吗？"

三个马达一齐开动，船只疯狂加速了，似乎要逃离水的浮力，直接飞向空中。郑天天吓得抱住船仔，叫道："慢下来，慢下来！"船仔看郑天天吓破胆的样子，开心地笑了。洋洋海面，滔滔波浪，似千军万马，他有一手在握之感。

郑天天几乎可以确定，这只船就是盗捞的船只，专门用于关键时刻摆脱海警，普通渔船，根本用不着这么大的马力。也可以认定，船仔是盗捞团伙的一员。但是，他是个身不由己的盗捞分子，有难言之隐。

只一会儿工夫，船只到了碧蓝的海域，世界更纯净了。飞鱼冲破海面，凌空跃起，久久地滞留空中，与船只保持一样的速度，似乎在伴我而行！郑天天也雀跃惊叫，像回到了小时候。出海的心就像自在的鱼儿和鸟儿，脱离了陆地上的羁绊与琐碎，脱离了复杂的人际纠纷，只剩下人类与海洋相依相存的关系，纯净得很。郑天天的心，也似乎被清洗了一遍，瞬间有点惭愧：自己居然还是以卧底的心态来观察船仔的一举一动，而船仔则是完全释放身心，带她尽享海洋的宽广与自在。自己只有放下目的和身份，才能对得起蓝天大海。

"你看飞鱼多么自在！"郑天天雀跃道，想让情绪融入海天一色。

船仔摇了摇头，附着郑天天耳朵道："飞鱼可不是在玩儿，它在躲避鬼头刀的追击！"

郑天天瞪大了眼睛，有点不可置信。海上一个悠游自在的世界，她不愿意想象成刀光剑影。船仔显然对于郑天天的幼稚颇感好笑，放慢船速，指着飞鱼的方向，让郑天天细看。

那鬼头刀的速度是极快的，在船边一闪而过，闪耀着青蓝色的光芒。你眼睛一眨，它便消失在深邃的海涛中，你以为是个幻觉。鬼头刀盯上飞鱼，在即将一口咬住的时候，飞鱼跃出水面，像篮球飞人一样滞留空中，躲避鬼头刀的袭击。但鬼头刀爆发力惊人，它游过了头，会急速转身，紧紧盯着空气中挥动翅鳍的飞鱼，把嘴巴张得特别大，等待飞鱼降落口中。在电光石火的瞬间，郑天天瞧见了一张巨口，她甚至不相信鱼的嘴能张那么大。她"啊"的一声惊叫起来。

"你看到的自在，背后却是杀戮。"船仔胸有成竹道，"就像你看到悠游自在的我，背后却是一个阴谋！"

这句话像有所指，瞬间郑天天觉得脸红。

船仔让船停了下来，对郑天天说："真正让你感到自在的，是海底，潜到海底世界，你会找到一个不同的世界。"

16

钟细兵和警员小吴在老城小吃店，点了两碗鱼丸，时不时瞄着对过的巷子口。

"这个郑天天，真是好大喜功，老是抢我的活儿。草屿岛可不比城里，我看她能整出什么情报来。"钟细兵愤懑地抱怨。老是让一个女警抢在前头，他受不了这口气。

"谁让她在国风堂整出这么大一个情报呢，高副厅长不得信任她嘛！"小吴道。

"国风堂，她有天时地利人和呀，那是她爹的地盘没有危险。再说了，如果不是我提醒她，她早就着了老骗子的道了，哪有螳螂捕蝉黄雀在后这一码戏。草屿岛可不一样，那是凶险的地方，我都担心她的小命呢。海岛上的作风你又不是不知道，把她一咕噜扔海里去，你想找证据都难。"

"文物案件，应该不至于有这么凶险。"

"你把事情想得太简单了。那个少林的死，跟文物案就有关系，现在虽然没有查清缘由，但是能死一个人，就能死两个人，险着呢。我警告过郑天天，岛上是最考验人性的地方，内陆上不可能发生的事，岛上都有可能发生，她没放在心上，叫她带着枪，她不带，说就是以一个画家身份去，没必要。唉，经验不足胆子大，她万一有个闪失，我可还有责任呢。"

少林这条线索，到冰冰这里，就断了。另外联系到少林工作的养殖场老板，被告知少林前一段已经辞职，应该是另有赚钱的门路，但他跟谁也不说，很有可能是见不得人的事。结合后来出手假古董的信息，应该是从事跟文物有关的生计。

鱼丸上来了，钟细兵心不在焉，捞一颗嚼下去，被烫得一咕噜吐出来，冲老板娘吼道："这么烫也不说一声。"

老板娘笑了，道："这么大人了，吃个鱼丸还烫嘴。吃东西还东张西望，合着我喂你吃算了！"

小吴也笑了，他晓得不是鱼丸烫，是钟细兵心焦。

"郑大天那边随时跟专案组联系，应该不会有事。你这是被她抢了功劳，在较劲吧，钟副？"

"哎，不是我较劲，这个案子呢，我其实是有点私心的，必须亲自破了，才能对得起我老师呀，但是各种缘由呢，我又不能说，要不然对不起我的老师。破案难，做人更难呀，小吴。"

"咱们这条线索也重要呀，说不准比那边更快呢。"小吴鼓气道。

"就是，说不准头功在我们这条线呢！"

两个人正说着，对面巷子口，练丹青慢悠悠走出来。钟细兵扔了勺子，一抹嘴道："走，跟上。"两人像见了老鼠的猫一样无声无息就想走人。老板娘叫道："还没结账呢。"小吴扔出一百块,道:"回头再找。"

他们跟在练丹青后面。跟踪是有技术的,既要不被发现,又不能跟丢。在这老城区的街巷里,确实是个技术活。练丹青走了一段路,似乎觉察到什么,停下来四处张望了一下。老城区街道,人不多不少,是些老街坊和民工。他定了定神,继续前行。

钟细兵与小吴能感觉到练丹青的警觉。小吴悄声道:"有没有可能被发现了?"钟细兵对自己的技术很自信,道:"发现个屁,他干坏事,保持警觉是正常的。"

他们看着练丹青走进李云淡的门诊铺子。他们能够看见柜台,李云淡带着他上了二楼。等了十分钟还没下来,看这样子,不像是看病。

"我进去瞅瞅。"小吴请示道。因为练丹青认得钟细兵,所以不能由他出面。

"要装得像,不能打草惊蛇。"钟细兵道,"我盯着门口。"

小吴装作急性腹痛,叫着进了药铺,问医生在哪儿。李夫人正在门对面的厨房,忙喊:"云淡,云淡!"李云淡在楼上应和。李夫人指了指,"又上楼了。"小吴捂着肚子奔上楼。

练丹青和李云淡见了，忙站起来。李云淡摸了摸小吴腹痛的位置，道："有可能是肠胃炎，也有可能是尿道结石，你还是到医院挂个急诊，做个B超，我这里是中医，急病是没辙。"小吴便捂着肚子出来了。

钟细兵问道："现场有证据吗？"小吴摇摇头道："看不出来。他们俩坐着，桌子上摆了几本书，看样子两个人在研究什么。"钟细兵道："练丹青肯定没工夫研究什么学问。盗捞文物方面，是需要很多知识的，很有可能医生也是一个帮凶。"

"这么看来，医生也是帮凶，这一串蚂蚱是越来越多了。"小吴建议继续盯紧诊所。下次练丹青说不准就拿着赃物过来了。

船仔回到石头屋的时候，觉得气氛有点不对。似乎一屋子的人都在等他回来。池木乡仰脖子灌了一口啤酒，道："船仔，今儿你开船出去了？"

船仔怔了一下，只好点头。船仔以为自己出海，神不知鬼不觉，没想到还是被发现了端倪。船仔果断地点了点头："嗯。"

"跟谁出海？"

"没有谁，我一个人。"

"出海干吗？"

"出去透透风，整天关在岛上，闷死了。"

老欧在一边，脸色铁青，紧张极了。池木乡去巡查，发现船被开走了，嫌疑人只有船仔。池木乡回来质问老欧，老欧向他保证，船仔绝对不会丢下他逃走。天快黑了，船仔才回来，老欧松了口气，但是对于池木乡暗藏玄机的问询，又是捏了一把汗。以他的观察，池木乡越是放松，则心思越重。

"我们这是秘密的行动，甚至我们的船，都不能让人发现。更何况这几天风声紧得很，这一点你该知道吧？"池木乡咄咄逼人。

老欧紧张起来。船仔知道自己犯忌了，歪着头，也不言语了。

"看来你该知道我们的禁忌，还大大咧咧出海，说说，到底为什么？"

船仔绝对不能说出郑天天，那样会给她带来极大的危险。这一点他心知肚明。但是这一天出海,在海上他像个王者一样,带着郑天天如探险一般穿行，也恢复了自身的勇气。特别是郑天天说"你是个有自在天性的人,不应该受人制约",这句话似乎是一个火苗,闪烁在他压抑的心中。此刻,一股混不齐的气焰冒出来,他压住了恐惧,忍不住回了一句:"我为什么什么都要听你的!"

气氛顿时凝重起来。池木乡睁大了眼睛,阿兰也怔住了。

老欧最为惊惶,呵斥道:"船仔,别没大没小的!"一边朝池木乡弯腰道歉,双手举起,似乎怕池木乡扑过去把船仔撕碎了。

池木乡暗咬牙床,但是忍住了动作。他笑了,道:"嘿,有胆儿呀。上次少林也是偷偷开船出去,动了歪心思,所以他就……"

池木乡本想杀鸡吓猴,没想到说漏了嘴,生生把话停住。这话头却被船仔敏锐地捕捉住,道:"你把少林怎样了?"

"哼,你想知道呀,他滚了呗,再也没有发财的机会,总之,你是也想和他一样吗?!"

"他还活着吗?"船仔想证实他的预感。

"我怎么知道?但是我要告诉你,如果跟我对着干,死是一件很容易的事!"

老欧一听"死"字,跪了下来,道:"他不懂事,我来教训他。"

阿兰也来打圆场,"算了,他还是个孩子,调皮点就算了。咱们现在要的是发财,其他事都可以忍一忍。"

池木乡冷笑:"你要是再敢暴露行踪,我可就不客气了。"

老欧听他口气缓和,赶紧接茬道:"下不为例。我紧盯着他。"

船仔忍不住道:"爹,你盯我干吗,我不怕死,怕的是憋着!"

阿兰把池木乡拉出去,耳语片刻,随即进来,换成一种开心的表情,道:"这事儿就翻篇了。咱们来玩牌,开心一下。"

海岛的生活确实单调,天一黑就没啥事干了。阿兰也扛不住寂寞,经常纠集四个人来赌牌。船仔说自己不会,阿兰道:"哪有男人不会赌牌的,来,我教你。"阿兰真是个好老师,很快就把老欧和船仔教会了。阿兰赌牌赌惯了,玩牌不过瘾,一定要赌钱。老欧和船仔身无分文,无意赌博。阿兰笑道:"瞧瞧这点小钱就把你们吓的,来,我借你们。"老欧道:"要是输了,我也还不了你。"阿兰豪气道:"这点输赢怕什么,等我们捞到宝贝了,咱们个个都是大款。"老欧道:"那也跟我们无关,我和船仔是来报恩的，不是分钱的，半个子儿也不要。"阿兰笑了，对池木乡道："这世界上还真有这实诚人。"池木乡哼哼笑道："人与人就是不一样，他们呀，就是老天派来给我捞宝的，不成都说不过去！"

在阿兰的撮合下，四个人玩起了二十一点，阿兰拿手，还是坐庄。船仔毕竟还是孩子，有玩心，晚上没有少林一块儿聊天，本就无聊，现在当成游戏玩还是蛮开心的。他每次押的都一样，有输有赢，波澜不惊，阿兰直夸他是当赌徒的料子。老欧手气不好，好几把都是小牌，好不容易拿了一回十九点，结果碰上庄家二十点，老欧拿着好牌舍不得放手。阿兰一把把他的牌揪过来，笑道："没用的牌，多好也要扔掉！"老欧不由自主道："我这晦气，这么久了还是驱散不了。"他把骰髅头捞上来后，总觉得自己霉气缠身。池木乡道："你越怕，鬼就越缠着你，你要比鬼更凶，鬼就怕你了。"老欧道："做人怎么能凶得起来。"池木乡道："你就跟我学就行了，拦着我的道的，见谁杀谁，鬼神都怕我！"老欧转向船仔道："船仔，咱们没有老大这本事，可不能学凶呀。"船仔道："爹，你管好你自己，别整天疑神疑鬼，担心这担心那的。"阿兰道："继续继续，玩点牌你们又扯到别的地方去，做什么事都得专心一点，玩牌不是玩一次两次就能玩得好的。我玩了二十几年，现在才算入了门道。"池木乡道："你入了门道还老输钱。"阿兰道："输钱是正常的，不输钱怎么会赢钱呢！"

岛上几乎一片黑暗。就池木乡的两间石屋里，发出温暖的灯光。黑魆魆的树木、岛石连成一片，在风的呼啸中，分不清彼此。只有在靠近海岸的地方，潮水拍岸声有规律地响起，像时间的脚步，不急不缓地呼唤着日出。

夜里，老欧的鼾声起起伏伏，旁边的船仔却难以入睡。他眼前浮现起郑天天。他不确定池木乡是否发现了郑天天。他必须跟郑天天通个气。

这间陈旧的石屋子，阿兰和池木乡睡在东房，老欧和船仔睡在西房，卫生间砌在前院。阿兰起夜，从卫生间里探出头，就见一个影子出了院子，好奇不已，急忙跟上。

天上有半圆的月亮，特别红，低低的。云很急，像一缕缕丝绸从月亮面前飘过。船仔的影子比云片儿还着急，也完全没觉察到后面有人跟踪。郑天天有告诉他住在东头的何伊姆家的石头房子,他晓得,那是一栋孤零零的小院子。

静谧中,他站在院子里轻轻唤了两声,郑天天便警觉,推开窗户。她穿着睡衣下来,夜色中像一只柔软的猫。

"有事?"她低着嗓子问。

对于船仔,她倍感亲切,又不得不心怀警惕。与船仔从海上回来后,她向高副厅长汇报了收获:找到了盗捞团伙,以及船只,并告知船只停靠的位置。现在盗捞团伙按兵不动,也许是听到风声,自己会打入进一步打探消息。如果能找到赃物,有了罪证,就请抓捕人员上岛收网。高副厅长看到进展,深感欣慰,觉得郑天天是个好棋子。

"有话要跟你说。"船仔煞有介事道。

"到前面去,别把伊姆惊醒了。"郑天天压低声音道。

院子的前面不远处,就是沙滩。两人不由自主地踩着月色就往开阔地走。海水在涨潮,发出爽快的哗啦啦声。

"如果有人问你,你千万别跟人说跟我上船出海过。"船仔嘱咐道。

"哦,有什么问题吗?"郑天天故意睁大眼睛,一脸无辜。

"这么跟你说吧,知道那艘船的人,就会有危险。"船仔神秘道。

"那你还要带我去上船？"

"哎，我也不知道为什么，反正我听说你想出海了，就想冒一次险！"船仔有点懵懂道。

这时郑天天眼角余光发现身后有一个影子，一晃，晃到草丛中去了。郑天天以警察特有的警惕，并没有回头去看，只是微微地转下头，发现人虽躲到草丛中，却有影子溢出。她心中一凛：难道船仔是诱饵，引我出来？又看船仔的样子，冒出第二种猜测：船仔被跟踪了，跟踪的人是想找到自己。

她深吸一口气，继续跟船仔聊天。

"能告诉我什么危险吗？"郑天天道。

"我也不知道，反正这个岛屿是危险的。"

"如果我遇到危险，你会救我吗？"

"绝对，肯定。"

"为什么？"

"因为，因为我是个男人呀！"

两人坐在沙滩上，月光投下短短的影子。郑天天自然地搭着船仔的肩膀，头低垂，从背面看，似乎一对热恋的情侣簇拥着。

"可是你也怕呀。"郑天天道。

"我倒是不怕,就是我爹怕,我爹怕我有危险,我爹一怕,就逼着我怕了。"

"你是个好孩子!"

郑天天寻思,潜伏在后面的,肯定是盗捞团伙的一分子。他跟踪船仔,是想看看船仔出来的目的。必须当机立断,给对方一个明确的答案。想到此处,郑天天突然抱住船仔,吻上他的脸颊。

船仔只觉得一阵香风扑来,脸上遭遇温柔一击,他像被电鳗击中,条件反射地摇头闪躲。郑天天看他惊慌失措的样子,怕自己的柔情戏演砸,还是把船仔拉到身边,笑道:"怎么啦,连亲一下都害怕?"

"你为什么要亲我?"船仔愣愣道。

"啊,你还说自己是个男人,连这都不懂。"郑天天揶揄道,用余光瞟向远处。

"我知道什么意思,但是,你这也太像耍流氓了。"

郑天天被说得有点羞愧,又哈哈笑着掩饰尴尬,"好好,是我轻浮了,你说怎么才不像耍流氓?"

"要亲我,你得通知我,经我同意才可以。你这么猛的一下,像要吃我一样,实在是……有点恶心。"

远处看,两个人像在喃喃细语。郑天天想演出沉浸于爱河的戏码,让潜伏者消除其他种种可能性的猜测。

"那好,我现在正式通知你,我想亲一下你。"郑天天郑重其事道。

"我总觉得像个阴谋!"船仔愣愣道。

郑天天一惊,虽然相信自己所作所为并无破绽,但是惊诧于船仔的直觉。

"哈哈,你这个不懂事的小男生。你说我对你有什么阴谋?"

"你就是想耍流氓呀。"

郑天天感觉自己脸有点红。作为一向被人追的女人,被人说成"流氓",倒是前所未有。还好这是个特殊的环境,她有特殊的任务。执行任务的警惕超过本能的害羞之后,她倒是坦然了,索性装成一个经验老到的猎手。

"亲你是喜欢你,不是耍流氓。"

"经过同意的才不是耍流氓。"

"你现在同意吗?"

"我要考虑一下。"船仔疑惑道,"我这张脸只有被女生甩过巴掌,从来没有女生想要亲过,她们都说我脸太黑。"

"肯定有一个女人喜欢亲你这张脸,比如说你母亲。你想体验下你母亲小时候亲你的样子吗?"

"哦……试试吧!"

两人站了起来,在沙滩上,在月光下,剪影拥吻在一起。缠绵的、深情的吻,俨然是一出坠入爱河的戏。

郑天天用余光观察身后,内心百感交集,好像一种甜、苦、涩交杂的药,在胸内翻滚。

17

元朝中前期,福建的海上贸易极度发达,泉州作为当时海上丝绸之路的重要起点,是当时中国乃至全世界最大的港口,也是元代福建最大的城市。晋江江面和港口停泊的船只,超过一万只。

阿拉伯人将泉州称为"刺桐"。泉州的居民有大量的外籍侨民，包括阿拉伯人、波斯人、欧洲基督徒、犹太人、印度人、非洲人等，城内使用的语言，超过一百种。可以说，泉州当时是全国最大的国际大都市。外国侨民中，以阿拉伯人和波斯人势力最大，人口最多。按照元朝的政策，他们属于"色目人"，等级要高于"南人"，也就是当地汉族。

元朝末年，局势动荡，叛乱频发。元朝政府无力镇压起义军，却又不敢使用汉人军队或者汉族地主武装，害怕汉人在斗争中壮大，依靠的是泉州的波斯色目人的义兵组织——亦思巴奚军，其将领为赛普丁和阿迷里丁。他们没有中国人骨子里的忠义基因，在泉州称霸七十多年，只要朝廷对他们稍微不利，便发动内乱，扩大自己的势力和宗教影响力，于是开始了长达十年的亦思巴奚兵乱。

亦思巴奚军占领泉州、福州、兴化，引发数年的军阀混战，引出了一个枭雄陈友定。亦思巴奚军后期的首领是那兀纳，企图囊括兴、泉，经略全闽，割据一方。朝廷决定全歼那兀纳势力，于一三六六年调在闽西与红巾军作战的陈友定前往兴化路。

陈友定，一名有定，归化（福建明溪）人，元朝至正年间，流寇四起，陈友定应诏加入元军，因其为人沉勇，胆略过人，平贼有功，逐渐成为将领，与元人柏帖木儿、迭里弥实并称"闽三忠"。

陈友定派遣儿子陈宗海连夜从宁真门潜入莆田城，并在次日从西门、南门出城，对围城的亦思巴奚军发动进攻，一击即溃。亦思巴奚军将领白牌、马合谋、金阿里被俘后处决，兵士们死伤惨重，丢盔弃甲后向泉州方向逃去，沿途遭到汉人民众的骚扰袭击，最终只有四名骑兵逃到泉州。陈友定严格遵守朝廷号令，继续剿灭叛军，水陆两路进攻泉州，那兀纳最终兵败被擒，押往大都处决。到一三六六年五月，亦思巴奚兵乱最终平息，前后历经十年。陈友定因功升任福建省平章政事，为全闽最高的军政长官。

亦思巴奚兵乱的直接后果，就是番舶不敢进港，商贾不敢抵泉，外商绝迹，盛极一时的泉州港元气大损，一蹶不振，降为私商活动和华侨出国的地方性港口。

"你掉了这么多书袋，跟咱们的青花瓷有啥关系？"练丹青不耐烦道。

"知识就是生产力,你耐心点听我说下去。"李云淡指着《福建通志》等几本书,"这几本书,有关陈氏家族的,总算捋清了脉络。单说陈友定,来路很有意思,是民兵起家。至正年间,天下大乱,汀州府判蔡公安到清流招募民兵讨伐贼寇,陈友定应募前往。交谈之后,蔡公安对他另眼相待。因讨平诸山寨有功,陈友定升为清流县尹。后陈友定克邓克明,以军功升任福建行省参政。陈友定占领汀州之后,萌发了统治全福建的野心,逼迫福建行省平章政事燕只不花,上奏称其功劳第一,晋升为参知政事,不久,晋升平章,全部占有福建八郡之地。他为元朝效力,极为忠心。此时张士诚占据浙西,方国珍占据浙东,名义上归附朝廷,但是每年运往大都的漕米,经常不见到达。而陈友定每年输送粟米数十万石,虽海路遥远,到达只有十分之三四。元顺帝经常对其褒奖。后来朱元璋平定方国珍,讨伐陈友定。福州城陷落,陈友定死守延平。许多士兵出城投降,又巧遇军器库发生火灾,明军猛烈进攻,陈友定决定以死报国,退入省堂服药自杀。等明军入城之后,发现他还未断气,抬出去正遇见大雷雨,苏醒过来,被戴上枷锁送往京城。朱元璋爱才，想拉拢他，说你不投降难道想坐铜马吗？可惜陈友定吃了秤砣铁了心，说要坐就坐，别废话。铜马是古代的一种烙刑，就是在空心的铜马里烧炭，人坐上去就被活活烫死。陈友定就宁死不屈，坐了铜马而死。"

"哎，我这听得火急火燎的，你就直接说，这人跟元青花瓷有啥关系？"

"你什么时候性子变得这么急，对文化一点都没耐心。"

"我现在是队伍人心涣散，需要强心针，池木乡原来非常信任我，现在也半信半疑了，我得给他输入一点实打实的信息。"

"好，我就这么跟你说吧。这陈秋生呢，就是陈友定的后辈。陈友定和儿子陈宗海，都殉身元朝了，但是小儿子陈宗撰这一脉还是逃出来了。陈秋生是陈宗撰的儿子。因为祖辈父辈忠于元朝，自己也无意在明朝廷入仕，便远去安南经商。又元顺帝多次赏赐陈友定，其中便有蟠龙青花瓷。这蟠龙青花瓷乃祖上荣光，陈秋生便带在身边，即便是漂流海外，因此，当他还乡之时，细软之中，便有这祖上的遗物。"

"这么说来，这元青花瓷只是几件单品，而不是预想中有一整船外销瓷器？"

李云淡点点头，道："我们原来一想捞到瓷器，便推论有一整船外销瓷，像英国人捞出'哥德马尔森'号一样。对于其他瓷器来说，也许是正确的推理，但对于我们得到的那件元青花瓷来说，是完全不对的。元朝官窑除生产供皇家把玩、欣赏、使用的御用瓷，还生产皇家赐瓷；皇帝通过岁赏笼络有功之臣和称臣的番邦、国君，以利巩固统治，扩大疆域。现保存在伊朗、土耳其国家博物馆的元青花，应属于皇家赐瓷，显然不是贸易瓷，更不是西亚诸国订制的外销瓷。因为它们器形硕大，制作精良，不惜工本，使用价格昂贵的苏麻离青料，如果用于贸易，何来利润！拥有高贵品质的元青花，当年被国内外的王公贵族争相收藏。现在全世界博物馆保留下来的元青花皇家赐瓷，加起来只有一千来件，确实数量不多，价值非凡呀。"

"这不就结了，如果我们能捞到一两件整器，也许比一船金银的价值还要高。"练丹青兴奋地说着，不由自主走向窗边巡视，好像怀疑有人在偷听，"最近我怎么感觉心神不安，原来真是要发财啊。"

李云淡道："心里有鬼，便疑神疑鬼，我建议呀，这次如果捞到价值连城的文物，咱们还是交给国家吧。"

练丹青道："云淡呀，你是不是看书把脑子看坏了，交给国家，我吃什么呀？"

李云淡道："我只是个建议，做人嘛，最后总得走改邪归正的路呀。"

练丹青道："等我吃饱了再改邪归正吧，做'正人'是吃不饱的。"

阿兰回到床上的时候，池木乡醒了，嘟哝道："去趟厕所这么久，我以为掉进去了。"阿兰拍了拍池木乡的脸，道："什么厕所，我去侦查了。告诉你，船仔去鬼混了。"便一五一十把方才发生的详述了一遍。

这下把池木乡彻底弄醒了，轻骂道："娘的，正事不干，还开始鬼混了，明儿教训他一顿。"

阿兰道："你这么做就草率了。船仔那脾气，也是倔，你要是教训他，他破罐子破摔，不干了，那你怎么办。整死也不行呀！"

"那怎么办？鸟毛还没长齐，就懂得搞女人了！"白天船仔私自驾船出海，已经惹恼池木乡了，现在又出去勾搭女人，池木乡急火上头。

"我们要船仔当'水鬼'，他能做好就可以，其他的事，你管他做甚。你不是也鸟毛没长齐就搞女人了吗！"

"你说得也是，但我总觉得有外人搅和进来，还是危险。"

"是的，最危险的，就是船仔会走漏风声，如果让那个女人晓得我们的事，这就有点危险了。我想，一方面，我们要对船仔进行警告，警告他守纪律，不能走漏风声。第二，我明儿得去查查那个女人的底细，只要在我们打捞出来之前，风头没有透露，就行了。"

"嗯，一旦让女人知道底细，我就把她干掉！"

"嘿，别老想着杀人，咱们是谋财不害命，以后的日子还长着呢，手上沾那么多血干什么！"

"啊，不到万不得已，我是不会下手的。不过你放心呢，在这岛上搞死个人，跟杀条鱼一样，多大点事！"

两人窃窃私语。后来听见外面有点声响，晓得是船仔回来了。池木乡想出去看看，阿兰叫他少安毋躁，别弄出动静，明天好旁敲侧击。

这一番计谋，使得池木乡对阿兰刮目相看，道："哼，今天感觉你不一样呀，变得有勇有谋。"

阿兰得意道："有发财的机会，谁都会变得聪明的。再说了，我麻将打了这么多年，还不懂得上家下家对家的关系吗，老欧和船仔，现在是我们的上家，那个女人是对家，只要我们和牌之前，对方没有截和，大家都相安无事。如果他们敢截和，我们就得下手了。"

池木乡搂住阿兰，亲了一个嘴道："厉害呀，这麻将没白打呀！"

阿兰得意道："以后别再说我头发长见识短了。还有呀，明天船仔的事，由我来说，这些男女的事，你拎不清。"

"好，都听你的，这叫先礼后兵。但凡谁不听话，你就吱一声，我就下手。"

"你别老想着下手，下手惯了，哪里见我不高兴，是不是也想对我下手了。"

池木乡皱眉道："你想到哪儿去了，自己的女人和敌人都分不清楚吗？"

"这世上的事，谁能说得清呢，今天是心上人，明天就变成眼中钉,见过的还少吗!咱们是谋财,别动不动就杀人,你手上沾着血,我跟你睡都瘆得慌!"

"好的好的,听你的。你能搞定,我才懒得出手。"池木乡翻过身子,倒头就睡。

清晨,阿兰提着一块羊腿肉过来。岛上吃海鲜是平常,猪牛羊肉却比较紧俏。何伊姆正在做饭,不晓得阿兰是谁,愣了半天。

"我是池木乡的女人。"阿兰倒不认生,大大咧咧道,"听说你来客人了,木乡叫我送点肉过来。"

何伊姆咧嘴笑了:"池木乡呀,嘿,不声不响就有女人了。"

"实不相瞒,我们是半路夫妻,凑合着就一块儿过了。"阿兰单刀直入,"客人呢?"

"还没起床呢,城里人,起得迟!"

"是哪门子亲戚呀,听说是个漂亮姑娘!"

"可不是,俊俏得很,侄外甥女来着。"何伊姆道,"小声点,别把她吵醒了。"

"来这岛上干啥呢,没吃没喝的!"阿兰小声道。

"谁晓得,每天出去画画儿,那些礁石呀,船只呀,有啥好画的。"

郑天天在里面听见了动静,顿觉异样,侧耳倾听,晓得是有人来调查自己了。躲肯定不是办法,只能正面迎战。晓得是女人,便穿着睡衣睡裤出来。瞧见一个倒是颇有几分姿色的少妇。

何伊姆道:"出来了,想瞧稀奇,瞧呗,也不是三头六臂,就是城里人,没有风吹雨淋,细皮嫩肉点。"

两人互相打量,阿兰想看出她的来路,倒是一下子看不出什么端倪。郑天天也想看阿兰的来路,一看就不是岛上的女人。岛上的女人,不管多么天生丽质,皮肤不会这么白。何伊姆做了介绍后,两人都做出亲热的样子,透着想打探对方生活细节的愿望。

"你这么漂亮,该不会是演电影的吧?"阿兰问道。

"我倒是想呀,可是没人找我演戏呀。其实我是个医生,你看不出来吧?"

"那是看不出来,在哪个大医院呀?"

"省儿童医院。"

"对了,我女儿四岁,睡觉老是憋气,用嘴呼吸,还打呼噜,感冒了就更不得了了，看了很多次也不管用，你这省城的大医生，晓得不？"

"这种症状很有可能是孩子腺样体肿大，把呼吸道堵住了。你回头带她去耳鼻喉科看看，这种症状保守治疗，可以用药水缓解；如果超过呼吸通道的二分之一，影响正常呼吸甚至大脑的发育，就需要做个切除腺样体手术。"郑天天关心道，"孩子的小问题，都是天大的问题，你可以带过来我先看看。"

看她讲得这么专业，阿兰相信对方就是医生，松了一口气，道："孩子在她姨那边。啊，你这么大的医生，来这个小岛有什么可看的？"

"我是个业余画家，你看这里景色多美呀。我趁着休假，安静安静，画一画海景，也是一种休息。你看，你这么漂亮，哪天有空，我给你画张海边美人图。"

"哎哟哎哟哎哟，这话我爱听。"阿兰乐开了花，"不过你才是真正的大美人，成家了吗？"

郑天天突然想起来，昨晚跟踪船仔的黑影，自己想象成一个男人，实际上是分不清男女的，是阿兰也有可能。如果是阿兰的话，今天的问话，就是对昨天跟踪的呼应了。

"结什么婚,还没玩够呢!"

"那可不,结了婚生了孩子,自在可就没有了。那该有对象了吧?"

"说有呢,其实没有,说没有呢,其实又有。"郑天天装作放荡地哈哈大笑,"跟你说实话吧,我现在就喜欢谈恋爱,不喜欢结婚。"

阿兰眼神疑惑,继而似乎明白过来,道:"哦,你们有文化的人,也玩得这么猛呀。"

"什么有文化,都是人,都有七情六欲,你说是不是,现在不玩儿,等结了婚,后悔都来不及。"

阿兰竖起大拇指,道:"哎哟,原来是这样的一个姑娘,厉害!"

阿兰觉得对郑天天的了解也有个七八分,应和了昨天的想法,心里有底,闲聊数句,像个母鸡一样摇着屁股走了。郑天天也松了一口气,觉得自己这个表现还是不错的,没有破绽,并留了一个深入他们生活的入口。

阿兰回来后,跟池木乡汇报了情况。她得出结论,郑天天是个儿科医生,是以纯游客的身份来岛上的。以她开放的恋爱观念,与船仔发生点什么,并不奇怪。只要船仔不透露盗捞的消息，她是安全的。而阿兰已经跟船仔谈过，船仔承认他认识了女游客，但没有透露任何信息。阿兰晓得年轻人的情感是猛兽，不能惹着了，安抚了船仔，告知情感是情感，但不能耽误挣钱。

阿兰感觉自己做得天衣无缝，功大莫焉，一副傲娇神气。但池木乡却皱着眉头道："按我的经验，我只知道，越是没问题，便越是有问题。"阿兰受到打击，道："你这是小瞧我。"池木乡道："女人的话，只能听一半，全听，便会倒大霉的。"

练丹青的指令终于到达：重新开始，寻找沉船东南处另一艘沉船。

出发这一日，池木乡极其重视。按照习俗，做了开航的祭祀。在船上祭了龙王，池木乡又到码头边上的小庙祭祀。庙里妈祖像已经残破，露出了木芯，这跟草屿岛上人口逐渐稀少有关。但是在开航或者远航的重要日子，妈祖庙依然得到尊重。

阿兰拿了几个煮蛋匆匆赶来，这是他们在船上补充体力的，忘了带去。阿兰径直跑到船上，正巧他们从小庙出来。池木乡见了，着急了，喊道："你跑上去干什么，给我滚下来，晦气晦气！"

民谚云"女人上船，晦气一年""女人上船船准翻"，习气相传，特别是在这么重要的日子，能够找到沉船多半靠运气，池木乡忌讳这个。阿兰被骂得狗血喷头，眼泪都出来了，又不敢还嘴。船仔却看得有些心惊：那池木乡凶起来，真是连自己的女人都骂成狗屎，翻脸之快之狠，简直突破底线，恍然觉得自己与野兽同行。

池木乡叫道："老欧，想法子把晦气去了。"老欧又在船头点了香，舀了一瓢海水泼洗船头，嘴里念念有词。做完仪式，启动马达，往碗礁方向呼啸而去，留下一条沸腾的白色水痕。

这是阿兰伤心的一天。其实她是个天不怕地不怕的女人，也非多愁善感，丈夫死了，她也没抹过一天眼泪，钱输得连奶粉钱都没了，她也咬咬牙一挺就过去了。可是，碰到池木乡，她却像个小女人，那么在乎他的感受，真是一物降一物。方才被池木乡这一顿臭骂，她也感觉到一种危机。池木乡身上有一种兽性，兽性发作，便是枕边人也要被咬一口的。但是，女人一旦爱上了男人，只能往好处想。捞宝是一件大事，她也怕自己影响了运气，虽然她不是很相信这个，但只要池木乡信，她也就顺着，不反驳。

　　她备了一桌饭菜，准备好好慰劳他们。时间到了，她亲自去码头迎接。见到池木乡上来就问："找到了吗？"池木乡冰着脸道："被你这晦气一冲，能找到个屎。"阿兰心里一沉，便娇滴滴眼泪下来，"都怪我，你不会不要我了吧……呜……"池木乡突然一把抱起女人，道："找到了，逗你玩呢！"阿兰像中了彩票一样，抱着池木乡的头更大声地哭了起来。这像野兽一样的哭声里包含着无限惊喜。

　　老欧和船仔还在船上，看着岸上的一幕，像两个野性的孩子在又哭又笑地闹腾，真是皮得不行了。老欧问道："老板，东西要不要拿上来？"池木乡回头道："拿上来，抬到山上去。"父子俩抬着一包东西上山。

　　船仔道："爹，咱们捞到这么多东西，该报的恩应该报了，该可以走了吧？"老欧道："老板想捞的是青花瓷。"船仔道："那要是捞不着，咱们就一直耗着吗？"老欧道："那你说有什么办法呢，老板说了，咱们的命是他的，他说话可不是开玩笑的。"船仔恨恨道："要不然我跟他摊牌，东西也捞了，任务也完成了，爱咋咋的。"老欧道："你别把事情想得太简单了，他可不是吃素的。我就一直在想,少林怎么会无缘无故地走了呢,这件事一直梗在我心里,我是一点也不敢得罪他。"船仔道:"我也觉得少林有问题。少林用贝壳做了一条项链,留在房间里,他说回去的时候,送给他女朋友。如果他要走,必定会带走的……要不然咱们索性在这儿查个水落石出。"老欧道:"你可千万别惹出麻烦,引火烧身。"船仔道:"爹,你胆子越来越小了。少林是被池木乡给弄了,我必须替他报仇申冤的。"老欧叹道:"爹就是不够小心,把你一起拉上船,这才有了今天。咱们现在是自身难保,先把老板的活儿给干完,回头去岸上找少林。"

父子俩在前面嘀嘀咕咕,池木乡在后面跟着上来,好像两人是他的长工。船仔气不过,突然把担子撂了。池木乡紧着几步上前,拍了拍船仔的肩道:"搞不动啦?这么单薄,还得多练练。"船仔看着他,不服道:"你也未必就比我强多少,要不咱们掰掰手腕?"池木乡笑道:"哎哟,看来有点自信。"两人在路边的石头上掰起手腕。池木乡的大手握住船仔的手掌,船仔有点疼,但还是忍住,奋力跟池木乡一比高下。在学校里,船仔掰手腕可是冠军,可能是与长期干活有关系。两人僵持片刻，池木乡一发力，就把船仔压了下来，再顶片刻，船仔便支持不住。池木乡冷笑道："我知道你心里不服，但是想跟我单挑，你再吃十年饭吧。"老欧看池木乡狞笑的样子，觉得不安，打马虎眼道："你别当真，船仔只是爱玩闹。"池木乡道："老欧呀，你要管管孩子，如果不听话，会出事的，咱们做的是大生意，由不得一点马虎。"老欧道："那是那是。"船仔气不过，道："那也是你的生意，不关我们的事。"池木乡道："你这么说就不对了，现在咱们是一条绳上的蚂蚱，懂吗！"

船仔闷声不语，像被无形的绳子捆住，挣脱不了又不甘心。

这次出海，能有收获，完全是托了海神的福：第二艘沉船相当顺利就找到了。从科学角度来说，不得不说李云淡绘的图相当精准。他根据史料的记载，通过行船的速度、方向和两艘船沉没的时间差，计算出一个小的范围。再加之第一次的经验，老欧父子很快找到船只位置，同理，这艘船也是被珊瑚板结覆盖。但是令老欧奇怪的是，这艘船根本不像海盗船那么难搞，需要用水炮轰开板结。这艘商船相当温顺，板结用工具就可以打开。用老欧的话来说，这艘船倒像是在等待人们来开发的。对比而言，老欧觉得海盗船太邪恶了，简直是惹不得。

板结相当稀松，一层层揭开，用刀具撬开朽木，待到浊水返清，在水下电筒的照射下，能看见码得整齐的"饺子"。饺子这个说法，是老欧父子第一眼所见的感觉。这艘商船所载的银锭，在沉没之后，被海水侵蚀。侵蚀过程中，被海洋生物附着生长，特别是钙质牡蛎壳，将银锭包起来，某种程度上保留了原来的形状，特别像手艺稀松的饺子。由于银子在海水里属于容易被侵蚀的金属，这个饺子里面，也不晓得还剩多大的银锭，或者有没有完全变质。父子俩拼尽全力，挖了一筐有点烟了的"饺子"上来。池木乡撬开一个饺子，里面已经发黑发绿，也不晓得价值几何。反正按照练丹青的说法，凡是古代的东西，你都捞上来，因为你根本不晓得哪个价值大。

关于藏这些宝贝的地点，池木乡也是费了心思。自己家里肯定不行，空空荡荡，藏一只老鼠都一目了然。山上有一个废弃的战备工事，倒是一个好地方，其实就是把山体挖空，用水泥浇筑成一个大空间，圆柱形，四周被隔成小房间，中间可能储存弹药武器，四周有瞭望射击孔，出口全在山腰上。敌军若是进攻海坛岛，这里便是一个攻防要害。八十年代废弃后，这里由镇上派出所管理，把入口全部封锁，但是顶部有一个入口。掀开一块铁板，铁板上的锁被村民撬坏，底下是一个旋转铁条楼梯，直接进入内部。以前有些村民，把地瓜储存在里面，不腐不坏。但是平时极少有人在此活动。池木乡把海捞物品存在下面的一个房间里，倒是安全。

这次收获，暂时也分不清是大是小。池木乡让大伙少安毋躁，自己登陆去鉴定文物。

样品送到练丹青的手里，练丹青也摸不准"饺子"的价值。只不过有一点令他兴奋：李云淡的考证信息相当准确，海盗船附近确实有一艘商船，两艘船两败俱伤。至于元青花瓷碎片，八成来自这艘商船。

18

船仔的脑海里，一直浮着一团棉絮一样的东西，柔软，芳香，在梦中悬浮。起先，他不晓得是什么。后来，他在打捞中潜到海底的时候，突然灵光乍现：那东西便是郑天天的吻。

从海上回来后，他看见池木乡开船出去了，心里一阵放松，便不由自主地去找郑天天。他有点迫不及待，但也有点忐忑不安。

郑天天似乎在等他，一见面，便道："上午怎么没来？"

"一大早就出海了。"船仔有点不敢直视郑天天，脱口而出。

郑天天心中一动：他们出手了？

"有收获吗？"郑天天装作漫不经心问。

"当然有。"船仔脱口而出。

"有好的渔获卖一点给我，我喜欢吃海鲜。"郑天天道。

"哦，没有，没什么好东西。"船仔瞬间觉得不妥，似乎泄露了消息，岔开话题道，"走，教你潜水去。"

郑天天心里怦怦跳，她晓得船仔说的"收获"，就是捞到宝贝了。她的潜伏工作又前进了一步。下一步，只要找到物证，就可以完成任务了。

她深感兴奋，但又劝自己别着急，下面需要拿到物证，还需要见机行事。当下和船仔一起到东岸悬崖边，练习潜水。

郑天天没有深潜过，到了四五米，耳膜产生刺痛，便像被人掐住脖子一样下不去。船仔一直在教她做耳压平衡,让她捏住鼻子,用力吹气,把空气贯入耳管。聪明人也有笨的时候,这玩意儿说得简单,但是要是做得不准确,就是不得力。郑天天就是不知道问题出在哪里,一下潜,还是痛,冒出水面,简直想放弃。

船仔盯着她的眼睛,问道:"你有心事?"

郑天天吓了一跳,感到船仔的直觉真是惊人,摇摇头道:"没,没什么心事。"

"一定有的。"船仔在水中盯着她的眼睛,"你一定不只是来岛上游玩那么简单。"

郑天天感觉自己脸色都变了,这船仔简直不是人,是能看透人心的鬼。好在她接受过这方面的训练,顷刻间镇定下来,以退为进,故作调皮道:"那你说说,我有什么心事?"

"你来岛上,是想解开一个谜。"船仔自信道。

"哦?"郑天天觉得一阵心跳。

"你妈妈的死,她跳下来的那一幕,一直浮现在你脑海,而她跳楼的动机,像一块石头,硌在你的心上,如果没有解开这个谜,你一辈子都不会安心。"船仔像一个心灵侦探娓娓道来。

"你为什么知道？"

"我能读懂你，因为我和你一样。"船仔道，"现在只有一个办法，你潜到水底，脑海里就会有奇迹，但你必须专注！"

郑天天深深吸了一口气，脸颊鼓起，好像开窍了，潜到四米的时候，耳膜平衡一下子处理好了。她朝船仔做了个手势，向更深处潜去。在海面上，船仔告诉郑天天，只有潜到更深处，你才明白真正的海底世界是什么。郑天天的肺活量还不错，他们沉到底部，在海底礁石间穿梭。今天天气不错，太阳透亮，越到深处，光线越加清晰。暗礁上缀满蓝色的珊瑚，石斑鱼悠游穿梭，石九公躲在暗处，小鱼群懵懵懂懂，海面涛声阵阵，海底平静温和。船仔似乎才是这里的一员，他娴熟地穿梭着，拨开海带的缠绕，好像这里才是他的家。他也像一个导游，引领郑天天领略海底的奥秘。可以说，这是一个极度浪漫的世界，有着童话的氛围，有一种怀旧感——你小时候读过的美人鱼童话，在这里得到了实现。此时如果有一个摄影师的话，会发现郑天天与船仔的身姿多么优美，与海是多么和谐。

郑天天好像回到子宫，被羊水包围着，温暖着，重力的消失，使得人极为放松，但是因为在水底下，思绪完全集中到眼前，心中万事消散，内心瞬间是前所未有的放松。是的，觉得自己那颗满是伤疤的心，此刻像个海绵球，柔软至极。她猛然感觉到，自己被治愈了。没有潜过水的人，不晓得海底的妙处：那是在另一个平行世界，也许是自己刚刚出生的那一天。

船仔忽略了他的潜水时间是超越常人的。郑天天嘴里吐出一长串气泡，急急摇头，他才发觉郑天天撑不住了。船仔看见她的眼睛不对劲了，身子也扭曲无力。但是他也不能拉着她急速上浮，那样会产生水鬼病。他一把抱住她有点痉挛的身子，手掌搂住她的后脑，把自己的嘴接上她的嘴，给她送气。郑天天此刻有点苏醒过来，方知有救，主动噘着嘴衔接，两人的嘴形成共气状态，急速浮起。在离水面大概四米的时候，船仔稳了一下速度，然后两人像两条对嘴鱼，一口气上升。冒出水面，劫后余生，郑天天急速喘气，差点没把自己喷出水面。

郑天天伏在一块平面礁石上，浑身瘫软，像一条市场上的龙头鱼。她的头发掩住了面庞，眼泪不断地涌出来，抽泣声绵绵不绝，伤心得像一个小女孩被男孩子狠狠地欺负了。船仔不知所措，他很少接触女孩子，更不懂得如何安慰。他想，被自己强吻送气，郑天天一定是生气了。不过他也奇怪，昨儿郑天天还主动亲自己的脸颊，今天怎么就……

他结结巴巴道："你打我吧。"郑天天百感交集，千万种感觉涌上心头，心乱如麻，与方才海底的纯净世界大相径庭，道："你走开，好吧，让我自己清静一会儿。"船仔倒是老实，像个犯了错的孩子，乖乖走到一边。郑天天坐在礁石上，大口地呼吸，似乎郁闷倾泻而出。

郑天天上午醒得很迟，想起昨晚的事，恍然觉得是个梦，一个遥不可及又触手可摸的梦。她起来，锅里有一碗鱼片粥，那是何伊姆给她留着的。她数次跟何伊姆说，不用理会她，她自己能照顾好自己的生活，不晓得是何伊姆耳背还是什么，总是给她留了饭。等她吃完饭，何伊姆已经收了螃蟹回来了。她在海边挂了几排诱笼，里面放着母蟹，专诱公蟹，两天去收一趟。她一天忙到晚，除了给郑天天留饭，自顾自忙活，也是没工夫搭理她。

郑天天看着何伊姆劳作的身影，那么老了却那么专注，这个世界上除了茶米油盐不再有其他。她被这种淳朴的生活所感动。船仔几次提到，他想回到自己的岛上潜水捕鱼，大概也是这种专注的生活。她突然有几分艳羡，艳羡这种一去不返的单纯的日子。

昨晚她用手机给高副厅长汇报进展。告知：自己已经接近盗捞团伙，盗捞行动正在进行，根据线索，盗捞有所收获，但是自己还没有获得证据和藏宝地点，有待进一步挖掘。对于主犯的情形和人数，还在继续侦查。盗捞团伙中，有个叫少林的小伙子失踪，基本可以与海上浮尸案并案。下一步找到盗捞证据，立即返回汇报，准备抓捕方案。

高副厅长没料到事情进展这么顺利，直夸她："收获重大，再接再厉，不过我最担心的还是你的安全。"郑天天道："放心吧，我没有直接去惊动盗捞团伙，我每天背着画夹出去，即便他们见到我，也不会怀疑的。"高副厅长道："我重点交代几点，第一，你要随时注意自己的安全，随时报告，我们的快艇随时待命，一有问题便立即通知。第二，吸取上次的经验，谨防计中计，保持清醒头脑，切勿感情用事。"郑天天脑子一紧，严肃道:"是的,我一定谨记教诲。"

放下手机,她用水扑了扑自己的脸,对着镜子看着自己,闭目,脑海中突然冒出船仔,生出莫名的担忧。船仔也是盗捞团伙的一员,不管他是不是被逼的,是不是自愿的,但事实上他就是一个犯罪分子。想到这里,心里莫名颤了一下。高副厅长的话又出现在耳边:"保持清醒头脑,切勿感情用事!"她再次把整张脸潜到水盆里。

背着画夹画具出来,她在院子门口与何伊姆告别。何伊姆耳背,郑大天索性朝她挥了挥手,指了指屋外,意思是自己到外边去。何伊姆正在晒鱼干,也朝郑天天做了一个往嘴里扒饭的动作。在老人家眼里,吃饭比什么都重要。

郑天天今天登上村子后面的高地,俯瞰池木乡的院子。她以此为景,既是写生,又是监视。院子里没人,静悄悄的,像一座废弃的房子。如果房子里没人,就有可能去盗捞了,自己可以一直等到他们盗捞回来,顺便摸清流程。一会儿,屋顶的烟囱冒出了烟,确定屋里有人。这牧歌情景让她心中一动,在写生板画上寥寥几笔,袅娜的炊烟便让整个画面生动了。大概是这一缕炊烟又触动了她的情愫,她又给自己一巴掌,自语道："你是个警察，你是来卧底的，不是来抒情的。"

终于，一个女子从屋里走到院子里，上了趟卫生间后，走出院子，朝自己这个方向走来。她仔细瞅，能认得出来，是阿兰。郑天天觉得奇怪：难道自己被发现了？应该不太可能。郑天天躲在隐蔽的位置，盯着她，变成了纯粹的侦查。

确实，那个女子并没有发现郑天天。她往山顶走，而且还不时地看看身后，又往码头方向去看，好像也怕被人跟踪。郑天天觉得有意思，急忙跟了上去。山头上都是草，可以隐蔽的地方不多，她躲在一株树丛后面观察。现在更清晰了，是阿兰，她的行动有点匆忙，又有点隐蔽，显然是有阴谋。她爬上光溜溜的山头干什么？不可能去欣赏什么风景吧。从她有所顾忌的小动作来看，有可能也是干见不得人的勾当。就在郑天天猜测的当儿，那个女人突然从山头上消失了。郑天天揉了揉眼睛，确实不是眼花，那女人不见了。山头很平，长着草，像一个男子的平头，就是一只小猴子，也能看得见。一个人就这样凭空消失了。

这可能是郑天天平生第一次碰到"见鬼"的事了。

19

刘从和从南后街的"良工"打铁铺里出来,脸色凝重。回家之后,他在灯下细细端详新制的匕首。这是他花重金让师傅锻造的利器,小得很,长约一寸,通体银白,唯有尖端乌黑。他取了一只老鼠,一刀捅进去,老鼠抽搐着,片刻便四脚蹬天。这刀尖,不愧是用剧毒反复淬炼过的,有了死亡的颜色。

他自小习文,不但精通儒家经典,而且深谙其味,但是在武艺方面,可以说是一无所长。现在他藏着这把小小的利器,跟着流民加入蔡厝仔的队伍。蔡厝仔是令人闻风丧胆的海贼,谁家的孩子夜里啼哭,便用"再哭,蔡厝仔就来了"来吓唬。他横行福建沿海,北至江浙,南到广东,都有他的踪迹,部众上万人,战船数百艘,连官兵都不放在眼里,可以说是当时最大的海贼。

刘从和加入海贼之后,因识文断字,人又机敏,不久便被任命为小头目,便有了接近蔡厝仔的机会。正逢着蔡厝仔寿辰,酒席期间,刘从和主动要求侍立于蔡厝仔左右,获得批准。

酒席设在蔡厝仔的主战船上，觥筹交错，欢声雷动，海上弥漫着狂欢的气氛。麾下群盗过来一一祝寿敬酒，蔡厝仔的身躯摇晃着，连酒杯都差点擎不住。刘从和看在眼里，不动声色。又有海盗头目过来敬酒时，踩在螺壳之上，差点摔倒，幸而被其他海盗扶住，酒杯掉落船上，来回打转。众人手忙脚乱，叫声连连，场面一度混乱。刘从和异常冷静，并不理会他人如何，只是紧紧盯着蔡厝仔，手叉腰间，有一种蓄势待发的凝重。

蔡厝仔在半醉之中，显然感知到某种气息，不经意回头看了一眼刘从和。两人眼神一对，蔡厝仔一下子读到一股杀意。刘从和自始至终与众不同的冷静，早已经被他觉察，他醉意蒙眬的样子，更多的是一种试探，眼神里已经藏不下阴谋了。蔡厝仔大喝一声，指着刘从和道："将此人拿下！"左右摔掉酒杯，将来不及动手的刘从和制服，五花大绑，又从他怀里搜出匕首。

蔡厝仔把匕首从鲨鱼皮鞘里抽出来，再插进去，如此反复，想来刘从和也如此演练多次。匕首的尖端，是森然的暗黑，他放在鼻子上一闻，一股腐肉的气味，便晓得是剧毒所浸。什么样的仇什么样的恨，下这么恶毒的心。

"为何要蓄意行刺我？"蔡厝仔怒气冲冲审问。

"既然落到你手里，不要啰唆，赐我一个干净利落的死！"刘从和因绝望而不想多说。

"你要干净利落的死，那容易，你说为何要行刺！"

"你杀人越货，人人得而诛之，想杀你的人多了去了！"

"想杀我的人多，但没有一个敢动手的，你是吃了豹子胆了吗？"

"杀父之仇，不共戴天，我唯有以死相搏。去年五月，我父亲从安南经商还乡，带着银子细软，一日之后便可以一家团聚。在海坛口商船被你劫住，走投无路，我父不忍心一辈子的心血被盗，凿船自沉，他与同船者也葬身鱼腹，只有一个水手逃命。我母得知噩耗，一病不起，两个月后也走了，你说我是该忍辱负重，还是来杀你！"

蔡厝仔听罢，紧皱眉头，踱步左右走动。众盗贼严阵以待，只待贼首一声令下，将刘从和剁成肉泥，或用酷刑将他折磨，残忍取乐，以壮寿辰。蔡厝仔突然停下，道："去年五月，我在外海与倭寇争夺地盘，抢劫你父亲商船的，应该是齐思颜，他是仅次于蔡家军的另一帮派。其时他在海坛沿岸活动，劫持过往商船，时刻不差。"

蔡厝仔说完，便令左右给刘从和松绑。左右不解，但也只好给他解了绳子。其他海盗已经举起了刀剑。刘从和一旦逃脱，刀剑便落下伺候。蔡厝仔喝退众刀剑手，扶起刘从和，高声叫道："我平生杀人无数，想杀我的人也不胜数，只有你能将生死置之度外，真是壮士，令我钦佩！"当下赠送金帛，叫人护送刘从和回去陆地……

李云淡合上一本题为《渔野杂事》的古书，当时的情景被他讲得历历在目。

"好像跟沉船也没啥关系。"练丹青道。

"跟沉船宝物是没啥直接关系，跟咱们倒是有一定关系。"

"什么关系？"

"那些杀人不眨眼的海盗，也钦佩侠肝义胆的壮士，可见盗亦有道！"

"这跟我们有什么关系？"

"你听不出来吗，你是让发财迷了心窍了？"

"我倒觉得你现在神神道道，读书也能让人痴了傻了！"

"我绕了一大圈，其实只想和你说四个字：盗亦有道。"

李云淡似有心事,"特别是,如果你还想做一个被孩子认可的父亲的话。"

练丹青一听说孩子,眼睛都亮了,问道:"你见到孩子啦?"

李云淡叹一口气,道:"我现在最挂心的,倒不是你能不能捞到宝贝,而是孩子会不会认你。"

李云淡最近越来越觉得,自己手里的五万块钱,是烫手山芋。不明白为什么,反正是直觉。他揣了这笔钱去找赵芳,行不行都得扔她那儿去。赵芳虽缺钱,却怕这钱。为什么,当年练丹青偷名画被捕,附带民事赔偿,执行法官到家,把眼见的钱都拿走,导致她一贫如洗,悲愤交加,连孩子上学注册的钱都得开口找人借,完了还要被人说夫盗妇随。这一口怨气,一辈子也化不开。李云淡把钱放在桌子上,道:"赵芳,你别那么固执,这钱既然是我手上交过来的,就是我担保,干净的钱。你也别让孩子在国外憋屈。这是给孩子的钱,孩子也没说不要的。"这一回李云淡是动了真功夫,赵芳拗不过,道:"元元也长大了,我让孩子拿主意。"李云淡道:"要得,我就要跟孩子说道说道,亲生骨肉的,什么怨什么恨不能跨过去的。"

恰好时间合适,跟元元通了电话。李云淡谈了练丹青的诚意，希望元元能原谅父亲，重归于好，这笔钱呢，是练丹青因愧疚的补偿，想尽一点为父的责任。元元问练丹青现在在做什么，李云淡说他在倒腾古董。元元说话的口气很像赵芳，"只要还是干这一行，就少不了坑蒙拐骗，保不齐什么时候还得栽。他要是能干一份老老实实干干净净的活儿，改邪归正了，做人敞亮了，我倒是可以考虑见一下。"李云淡道："行，你有这个意思，我就转达。钱你先收着，用不用也搁这边，我不想保管了。"

练丹青像小朋友听故事一样，竖起耳朵，一个字都不漏掉。见李云淡停下来，问道："这就完了？"李云淡道："你还想干啥，我帮你到这一步了，剩下的看你自己了。"练丹青咬牙道："行，干完这一桩，我就金盆洗手，哼，说不准可以到国外看我女儿！"

郑天天装作寻找风景，走到阿兰消失的山头。她惊奇地发现有个盖着铁盖的洞口，往里瞧，有个铁条梯子盘旋而下，下面黑不见底。她想起来了，钟细兵说过岛上有个工事，她当时没在意，觉得工事与盗宝不会有什么联系，没太在意。现在看来，工事下面，肯定有秘密，否则阿兰不会鬼鬼祟祟地下去。

她潜伏在不远处。没过多久，阿兰就出来了，手上提着一个袋子。大概也是怕别人发现，她睃巡四周，迅速往山下走。郑天天确定洞里无人，悄悄掀开铁盖子往下爬，到了底部，光线突然暗了下来，甚至漆黑一片，难以前行。谨慎起见，她中止了这次行动。但她肯定，这与盗捞物品有关。

第二次进洞之前，她做了准备，带了手电筒照明。小时候，她住在福州上下杭的巷子里，有过与小伙伴捉迷藏的经验。她特别喜欢躲在暗处，窥视着来寻找的小伙伴，或者她到角落揪出小伙伴的那一瞬间的快感。黑暗，代表着秘密，她喜欢有秘密的所在。下了旋转梯，也就是工事的正中间，一片漆黑。她用手电筒照着四周，是曲折的廊道，风洞传来了怪叫声，像人声又不像人声。她皮肤上起了鸡皮疙瘩。她突然想到，也许物证就在这中间。蹑手蹑脚前行，偶尔会被冲出的蝙蝠吓一跳。走到边上的时候，突然有了亮光，是从山腰照进来的。原来接近山体的边缘，一间间房屋被圆形外廊连起来，有的房间有瞭望口，可以看到海面。房间里黑乎乎的，有的没上锁，里面有鸟兽住过的痕迹，有的房间还有腐烂的地瓜，弥漫着臭味儿。

有个房间被锁住，这让郑天天兴奋，秘密肯定在被锁住的房间里。虽然一时没有办法弄开房间，但是她已经很兴奋了。房间外有脚印，显然有人来过。如果证据就在这房间里面，只要撬开，就可以通知专案组进行抓捕行动了。很显然，砸开被锁住房间的锁，进行检查，并不是一个很简单的工作，而且会惊动盗捞者。发现这个房间，就意味着找到了赃物证。

她极小心地往回走，一是谨防有人进来被发现，像小偷一样听声辨物。二是怕留下痕迹。当走出工事的时候，她松了一口气。潜伏的任务应该算是完成了，也不辜负高副厅长的信任。只有钟细兵那不信任的眼神，此时成为自己的一个动力。想一想，如果钟细兵过来做侦查工作，会怎么样？一个大男人晃来晃去，会不会把盗捞团队给吓走了？想到此处，她不由想到作为女性的身份的妙处。

连日来的水下劳作，老欧终于撑不住了。沉船的推进挖掘是个苦力活。在幸运挖掘到第一个口子并捞到第一批"饺子"后，其后的工作必须从这个口子推进。池木乡得到练丹青的指令：继续掘进。在水底下挖开船板，要费很大的力气。这可够让老欧父子俩喝一壶的。池木乡的建议是，一直掘进，里面不但有银子，还有元青花瓷，那是他们真正想要的东西。根据练丹青那里传来的消息，银子也有价值，能挖到的都捞上来，储存起来，寻找脱手机会。但是具体价值几何，会不会让几个人发横财，还是个谜。所以，重点还是继续推进，把陈秋生的细软挖出来，包括御赐元青花瓷，那才是"大鱼"。这样一点点进展，也不知道哪天是个头。

今天浪大，老欧下水后，可能潜水服太薄，到了十五六米，体温流失严重，但还是坚持打捞作业。不多久，池木乡在船上见到远处有一艘渔政船只朝自己开来，怕出意外，便拽了输气管，示意赶紧上来。老欧上船之后，一阵眩晕，直接伏在船上。等扶回家后，昏沉沉地，回想起在水中受冷，又休息不好，可能是感冒了。

老欧一回来就躺在床上，从来没有这么疲惫过。身体像是被恶魔入侵过，百般难受但说不出来。他让船仔去煎姜汤。以往头疼脑热，风邪入侵，姜汤下去，逼一身汗出来，寒气尽退，是极有效果的。船仔端了姜汤，让老欧喝下去，给他盖上被子，去蒸一身汗出来。

恰在此时，听见院子里有人喊自己名字。船仔心中一凛，一看是郑天天。船仔愣住了，他有跟郑天天交代过，别来院子里找他。船仔慌忙看四周，还好院子里没人，否则他要被池木乡教训一顿了。

郑天天晓得船仔眼里的惊慌，道："我怕其他地方找不着你，我是要跟你道个别，明天我就要回去了。"

船仔一副惶惑："这么快！"

正在此时，手机响了，郑天天一看，是高副厅长打来的，怕被船仔听出端倪，她跟船仔示意一下，便到另一头靠着墙角接听，确定船仔听不到。

高副厅长道："你方便说话吗？"

"简单说？"

"可以收网了吗？"

"侦查工作基本完毕，我在做最后的收尾，等我回来，就可以布置收网方案！"

"一言为定，等待凯旋！"

就在郑天天接手机的间隙，船仔突然走进房内，手执一串贝壳项链出来。船仔道："我刚才看到你手里的手机，就是少林想要买的那一款，他想送给他女朋友，却丢在我这里，我想你回去后，帮我代还给他，他住在城郊的后岗村。"

"你一直都记挂着少林？"

"我怕他出事。"

郑天天接过贝壳项链。每一个贝壳都很精致，想来是少林一个个从沙滩精挑细选的。如果这是一场能实现的爱情，也是能留下一个极美的传说。

"我跟你说，以我的直觉，少林很有可能不在了。"郑天天小声道。

这个直觉与船仔的预感相呼应。

"发生了什么？"船仔睁大眼睛。

"我不知道发生了什么，但是我告诉你，如果你在这里待下去，也会跟少林一样的下场。"郑天天严肃道，"所以，你要尽快离开这里。"

船仔被说得一愣一愣的，他心中的事太多，无法做出判断。

"你先去找找少林。"船仔央求道。

"我会去的。"

"如果有消息,能告诉我吗?"

"我会去你自己的家,古湖岛上找你。所以,你要尽快回到古湖。"

"你什么时候走?"

"明天早上,有船就走,我们后会有期!"

郑天天环顾四周,匆匆。她这次来的目的,第一是想侦查下盗捞集团的人数,二是劝船仔回家,省得被现场抓获!

船仔回屋后,心头五味杂陈。他何尝不想回家呢,可是如今这个情境,真是欲罢不能。他轻轻叫了声"爹",他爹还在沉睡。好不容易睡着,船仔不忍叫醒,他静静等待父亲醒来。

次日一早,郑天天跟何伊姆道别,走向岛上的简易码头。岛上人越来越少,并没有固定时间的班船,但是你在码头上等,总是会碰得到。人凑齐了,有些船就可以走了。另外如果你出的钱多,有些渔船也可以变成你的渡船。

郑天天站在码头上,恋恋不舍地回望岛上。只有几天,她留下了念想。心里想,回去汇报方案时,如何把船仔作为特例规避,做一个潜在的线人。

稍一恍惚,看见码头上一只船上有人朝自己招手,居然是阿兰。阿兰热情道:"上来上来,我正要上城一趟!"

郑天天虽然有一点点吃惊,但看见船上就阿兰一人,便打消了疑虑,心想阿兰也许要去添置菜品了。郑天天道:"你怎么知道我今天要走?"阿兰道:"不是知道,是碰见,是缘分。"阿兰接过郑天天的箱子。船只在浪中颠簸,郑天天跳上船只,差点摔倒。阿兰叫道:"抓紧了,我要开船了。"

船只开动,郑天天记得正是船仔出海的那只船,马力很大,像一头蛮牛在海上犁出白色的浪花。顷刻间,郑天天发现船只并非向对岸开去,而是绕岛向东航行。

"走错了吧?"

"没错,我还要接一个人!"

船只靠近东岸,慢慢驶入一个小澳口。池木乡从岩石后窜出来,跳到船上。这是郑天天第一次与池木乡见面。她一眼就能感觉到,这气质,应该是盗捞团伙的首领。

池木乡没有客气,掏出一把刀抵住郑天天的腰部,叫道:"老实点!"

郑天天瞬间明白了，这是一个坑。但是她还是不明白，自己哪一个环节出错了。

只隔一日，老欧就变了一个样子，身体肿胀起来。身体疼痛，特别是四肢和关节，疼得厉害。头更晕，也头痛，咳嗽。他已经晓得，自己得了水鬼病，当地风俗认为，这种病是被水鬼给缠身了，除了求神拜佛，是没治的，只能自生自灭。那些症状轻的，会自我恢复，便被认为驱鬼成功。

昨日老欧醒来时，已经感觉不妙。虽然出了一身汗，但身体更难受。他懂得这次的病不同寻常。他能想得到的，是跟自己在海底挖出的骷髅头有关，自己得罪了百年的深海水鬼，万劫不复。他想到的是死。当船仔问他能不能回去时，老欧绝望道："现在是我最想回去的时候，因为我怕死在外头。"对于老一辈的人来说，客死他乡，魂魄不归，这是比死本身更糟糕的事。

船仔心中悲愤，他也不知道事情怎么会落到这一地步。他向池木乡提出，自己要带父亲回去养病。池木乡根本不考虑他的请求，道："把宝贝捞出来，你们要去哪里就去哪里，我一点不拦着。"他的意思就是,宝贝没捞出来,就是死也不能走。

对船仔而言,自己想溜走,倒是容易。但是现在父亲躺在床上,无法把握。

"要不然带我父亲去治病。"船仔退而求其次。

"这是水鬼病,生死有命,治不好的。"池木乡道,"你要是听话,我倒是可以弄点镇痛药给他。"

"我爹病得这么厉害,我哪有心思潜水捞宝。"船仔气鼓鼓道。

"捞到宝贝,是你们回家的唯一希望。"池木乡警告道,"其他的想法,你都是自寻死路!"

老欧虽然浑身疼痛,但脑子还清醒。他对池木乡道:"船仔是小孩,不懂事。"招呼船仔过来,道:"你别管我,你听老板的,记住,一定要活着回去。"

池木乡得意地看着船仔。在他眼里,船仔是一头倔强的牛,而老欧就是系住船仔的那根绳子。

船仔无奈地点了点头。

老欧又让船仔低下头,附着船仔的耳朵道:"如果我死了,一定要把我弄回家,埋到龟屿上,你娘的魂在那里。"

郑天天醒来的时候，眼前一片暗黑。渐渐地，适应了暗淡的光。她的手被绑住，系在墙角柱子上。不知身在何处的感觉非常神奇，没有害怕，只有好奇。她慢慢睁开眼睛，一切都是陌生的，好像自己是刚刚出生的婴儿。接着她发现自己的手已经被绑起来。房间里空荡荡的，散落着灰尘、蝙蝠屎、风干的不明状物，鼻子里的空气阴湿。

记忆逐渐恢复。她在船上，被池木乡拿着刀胁迫着走上岸来。她转头问阿兰怎么回事，阿兰道："你别装蒜了，你要干什么自己清楚。"池木乡恶狠狠道："你要是不老实，我就直接让你去喂鱼！"

此刻岛上没什么人影，三个人往山上走。郑天天感觉没有反抗的余地，也发现自己处境危险。爬一个小坡时，她装作脚下不稳，一个趔趄滚了下去，起身的时候，她把牛仔裤后袋的手机丢在草丛中。手机放在身边，是一个定时炸弹，必须趁他们不备的时候脱身；而将手机遗落在路边，她相信是一个重要的线索。

果不其然，到了山头的洞口，池木乡逼着郑天天下去。

郑天天感觉到危险逼近，第一次下到洞里，她就感觉是远离尘世的地方，或者说，是个地狱。她相信，在进入洞口之前，是最后的逃跑机会。

毕竟是警察，她鼓起最后的勇气，趁着池木乡一放松，瞅准机会突然往山下跑，一边大声呼喊。她相信，如果能跑到村里，或者碰见路人，那是唯一获救的机会。但是她低估了池木乡，池木乡一个虎跃，将她扑倒，一掌劈在后脖颈，把她打晕了。

现在，她确信自己是在地下工事的房间里。显然，池木乡并没有打算杀害自己，而是把自己囚禁在此处。或许，自己对他还有用处。

现在她有时间来思考：自己到底是哪个环节暴露了？暴露了怎样的信息？

她回忆与船仔的接触，第一天与船仔的接触，就有人跟踪，但是自己演戏演得很好，没有暴露呀。何伊姆那里，也不能，何伊姆根本不知道自己的身份，而自己晚上打手机汇报，也是非常清楚无人的环境。突然她灵光一闪：阿兰知道踩好时间来接自己，准确知道自己离开的时间，而知道自己离开的，只有船仔。难道是船仔出卖了自己？郑天天一阵心痛。她扪心自问：

难道自己又一次掉进了坑里？

在短暂的心痛之后，她冷静下来。确实，自己套路船仔，为什么船仔不能套路自己呢？船仔发现自己是侦查员，肯定也是伤透心的。她想起船仔在水下给自己换气，那种体验让她百感交集。她从上一段情感中走出来之后，觉得跟男人亲密接触都是恶心的、反胃的，她感觉自己以后再也不会接触男人了。但是船仔的这一举动，治好了她的心病——她发现自己对男人不再有天然的恶心。

幽闭、黑暗以及纠结笼罩着。她现在呈冥想状态，寻找脱身之策。

目前，她只有一个推理是准确的：她离岛的时间是船仔透露出去的。她万万没想到，她的身份是自己泄露出去的。

她跟船仔告别的时候，高副厅长来电，她当时满脑子想着避开船仔，退到院子东头墙角。按照思维习惯，她认为东院屋里是没有人的，因为如果有人，随着她招呼船仔，人肯定已经出来了。但是她没有想到，阿兰在屋子里。阿兰听见了她的叫唤，反而缩回屋里，探听动静。郑天天过来接电话，正中了她的意，所说的话全都落在她耳朵里。

阿兰听了大概，已经明白郑天天非等闲之辈，心中怦怦乱跳。她不敢轻举妄动，马上告诉池木乡。池木乡一听，就要趁着夜里去把郑天天给办了。阿兰谨慎，劝他不可蛮干，要是被人惊觉，迟早会招来警察，不如伺机而动。当下把船仔叫来，问郑天天过来探听什么。船仔说了实话，说郑天天明早要走，过来告别而已。阿兰设下一计，用船把郑天天骗过来，又觉得池木乡过于暴露，便要自己去。池木乡说，自己不想让女人上船，晦气。阿兰叫骂起来，郑天天不是女人吗？我不去，她会上钩吗？满脑子迷信思想，还想赚大钱！这一番话把池木乡说服了，同意让阿兰当诱饵。

关于如何处置郑天天，阿兰也和池木乡有了争执。池木乡想在海上把郑天天做掉，沉尸海底，干净利落。但是阿兰对此有不同意见，首先，她坚持她的原则，谋财不害命，尽量不杀生，她不喜欢池木乡沾满鲜血的手晚上抱着她，她会做噩梦；其次，干掉郑天天，她也成了帮凶，她可不想。

那天，她偷听郑天天的手机对话，也只听了个大概，猜得出她是有任务的，其他一概未知。她想从郑天天嘴里得知更多消息。

他们把郑天天藏到山间工事里之后，才想起去搜查郑天天的手机，却找不到了。

既然猜出郑天天是卧底，阿兰认为此地危险，想要离开草屿岛。但池木乡不同意。池木乡觉得草屿岛最安全，一草一木一石头自己都熟悉，他就是草屿岛的王，天王老子来了也不怕。加上有泊在隐秘澳口的"土大飞"，任何快艇都追不上，他觉得没有比草屿岛更安全的了。最多晚上不睡屋里，换个地儿睡。而且，现在水底古船的挖掘，离成功只差一步了。阿兰见过胆子大的，没见过胆子这么大的，没把警察放在眼里。她不知道，这是海岛人的性格，总有一种山高皇帝远的心理。

池木乡到县城带回一些止痛药。老欧服下，倒是舒服了些，但是下海是不可能了。现在池木乡手下，只剩下船仔这一杆枪了。池木乡决定带着这杆枪干到底。他叫船仔一起上船，船仔像头哑巴的驴，身子不动，嘴巴也不动，还臭着脸。不用说，他舍不得把爹丢在病床上，还去干自己不愿意干的事。

池木乡走到老欧病床前，叫道："船仔不听话，这事该怎么了？"池木乡声音倒是平静，但是老欧能看到他眼里的杀意。

老欧愧疚道："怪我拖了后腿，你叫船仔过来！"

船仔缓缓地走过来，他心神不安。父亲倒下了，一切需要由他做决定，但是他还没有这个能力。心中只有一个字:乱！但在心乱如麻中，他有一点清醒:倔强。不能再盲从池木乡了，否则他会榨干你的意志，成为听从他的虫子，直至为他彻底卖命。

老欧招手，船仔的耳朵凑近床边，道："你听我说，替我去桃花坞上的墓前，念《地藏经》，这修炼百年的鬼太厉害，看他是否饶得过我，生死就交由他了。念完，你放下心，该跟老板干活就去干活。"

老欧对自己的病一直有预感，认为是挖出百年骷髅头导致。他按照习俗，把骷髅头葬在岛上的桃花坞，希望鬼能满意安息。现在自己身染重病，都是怨气惹的祸。

船仔看见老欧的身体，如充气般膨胀，是自己从未见过的样子。老欧说是被水鬼附身，他也只能信其有了。

到了桃花坞，老欧亲自厚葬骷髅头之处，船仔学着父亲以前的样了念叨一番，又念经超度，讨好百年老鬼。念了数遍，不晓得老魂灵有没有听着，又想起，这一切的始作俑者都是池木乡。是他的欲望催生了沉船古墓的破坏,却让父亲遭了罪,还要逼迫自己下海,忍不住念念叨叨池木乡的罪过。

想起从前,自己送父亲出海,总会不自觉地想,要是父亲不回来了,自己孤零零一人怎么办。难免有一种顾影自怜的感觉。现在这种感觉涌上心头,好像抓住一根稻草来寻求出路,不自觉又想起郑天天。郑天天跟自己虽然只有几面之缘,但感觉已经是家人,对目前的困境,应该比自己有主意吧。可惜她回去了。

船仔不知不觉中下山,去了她常画画的海边,再也见不到她的身影。海浪声中,他似乎听到了一丝召唤。这召唤似乎来自海的深处,在脑海萦绕,挥之不去。他突然间想起父亲还在病床上,自己能清晰感受到他痛苦的呻吟。他飞奔回去,看到父亲躺在床上,手紧紧地抓住床板,叫唤已然没有回应。他用手试探了一下鼻息,发现父亲的鼻尖冰凉。那是死亡的温度。他手脚一下子瘫软了,叫了起来。池木乡和阿兰听见喊声,跑了过来,叫道:"啊,前面还好好的。"

在池木乡和阿兰的惊奇中,船仔面对的是父亲的死亡,一个死去的人,再也回不来了。船仔像天塌了一样,脑海一片茫然。

20

老欧就这样不声不响地走了。

船仔不愿相信这个事实。他想起老欧之前说的话：孩子，也许是你妈想要我去了。

人死不能复生。池木乡想尽快海葬，重新开工。船仔想起老欧生前的遗愿，是要安葬在龟屿的。池木乡着急，恶狠狠道："你爹生在海上，死在海上，活着吃鱼，死后给鱼吃，天经地义，哪有那么多讲究！"池木乡看准他只是个十八岁的孩子，感觉能吃定他。船仔咬着嘴唇，眼泪一滴一滴地下来，这是他最脆弱的时候，也是最坚强的时候。他现在要把悲剧细细咀嚼，找到源头。阿兰晓得船仔的脾气，池木乡硬来是成不了事的。她斥责池木乡道："你好好说话，把孩子吓坏了，怎么干活。"

在阿兰的周旋下，船仔与池木乡达成协议：池木乡把老欧弄到龟屿埋了，船仔帮助池木乡完成剩下的打捞任务。

池木乡倒也利落，在村里强行买了一个老人的一口棺材，把老欧放进去，省了各种仪式，直接开往龟屿，给阎王爷一个交代。老欧病后身体一天天膨胀，棺材差点都装不下，强行摁进去，看得船仔悲恸欲绝。

船载着棺材在大海中航行，分外孤独，仿佛整个海面是一个坟场，而一个孤零零的灵魂游走其中。

他没有回家，船直接开到龟屿上岸。要抬一口棺材上去，十分吃力。真巧，那阿豪在潜水捕鱼，从水里冒了出来。他看见池木乡和船仔在搬一口棺材，叫道："船仔，是海上捞的什么宝贝吗？"

池木乡盯着船仔，船仔报着嘴，道："是我爹！"

阿豪相当狐疑。他帮助两人，把棺材抬上龟屿。三人草草挖了坑，把棺材埋了进去。就这样，船仔看着父亲完全与世隔绝，最终将与黄土融为一体，一阵悲伤涌来，他跪下来道："爹，你们都走了，我该怎么办？！"海浪拍打地底下的岩石。这里曾经是他最快乐的地方，现在也是他最悲伤的地方。

池木乡瓮声瓮气道："你爹的愿望也实现了，咱们去干该干的。"

阿豪送船仔上船的时候，小声道："水鬼病不会这么快死人的，你得小心点。"

一阵轰鸣声之后，阿豪目送船只远去。

老欧生前最后一次探船，已经在海底沉船的内部打开一个通道，可以自如进出，下一步只要在水底用探照灯仔细巡查，就可以找到需要的宝贝。池木乡认为，这是老欧最后的礼物。

在埋葬了老欧的次日，夜里潮水退去时分，正是探海的好时机。借着淡淡的下弦月，池木乡和船仔出海。船仔一声不吭，他的脑子有点乱。父亲的离去让他猝不及防，草草处理完后事的放松又让他心里空落落的。自己的世界里好像一座沉重的山坍塌了，空虚而迷茫，而自己轻如一片羽毛，又不知要飘向何方。夜色让海变得浩大而沉重，像一个空荡荡的地狱，但这不影响池木乡将船准确地开到下水的位置，分毫不差。

池木乡警告道："船仔，你要记住，我当初就是在这块海域上救下你们两条命，你得在这个地儿把债给还了！"

船仔穿上潜水服，有点迷茫。以往都是和老欧一起下水，老欧也会吩咐一句，跟紧了。潜水是一件危险的事，看得见伙伴是很重要的。现在没有人交代这一句,他有点空虚,也不适,甚至忘了下水去干什么。池木乡一脚把他踢下去,道:"别迷迷瞪瞪的,今儿要顺着船里的通道找,把瓷器都捞出来。"船仔适应了一下水温,打开额前的探照灯,慢慢潜下去。周围的风声、海浪声消失了,他进入一个宁静的世界,那是自己的世界。灯光下,两三只鱿鱼被吸引,一跳一跳地游来。没有对人的恐惧,也没有敌意,欢欣雀跃地追逐着光而来。他盯着鱿鱼,伸出手去迎接,当他触摸到柔软的触须,脑子里像被闪电炸开,醍醐灌顶。

每个人会在不同的环境下开悟,对船仔来说,静静的海底,就是他的涅槃圣地。

他突然领悟到,他被救的时候,也是他陷入牢笼的时候。现在自己从这个地方挣脱,谁也不欠。

他把空气面罩一脱,拔掉空气管,突然觉得浑身轻松,似乎卸掉了千斤重担。他在水中潜泳许久,从远远的地方冒出来,茫茫海面,浪不算大,有了温柔的托力。池木乡的船只正在远处,孑然等待船仔从海底传来的讯息。船仔躺在海面上,将皮囊托付于丝绸一般的海水。他想,如果自己漂不到岸上,这条命就算是还给池木乡了。

钟细兵内心承认，总有一种和郑天天较劲的感觉。尽管理智上他觉得自己怎么可能跟一个女子计较，但是他分明感觉到，自己的每一个行动，都与这种情绪有关。比如说，他想在练丹青这边先收网。事后看来，这是一个险招。深究自己的内心，没有其他的理由，就是想比郑天天先行一步。

当然，他也并非无谋之辈，他觉得要从李云淡这边入手。他熟悉这个小城市里各行各业的心理，你要抓住他们的关键软肋，比如说李云淡这里，他有一间赖以生存的诊所，上有老下有小，他是一个容易被说动的人。

钟细兵和警员小吴一块儿进去，这会儿没有病人，李云淡正戴着老花镜在看书。李云淡认得小吴，先前以为是来看病，但看到两个人同时进来，虽然是便衣，但已经感觉不对，微笑瞬间便凝固了。

"找个安静的地方了解点情况。"钟细兵一看李云淡的脸色，就能感觉到有故事。

李云淡看了一眼外面，空无一人，把两人带进二楼的会客室。李云淡想要泡茶，被钟细兵制止了。

"你们需要了解什么情况？"李云淡惶惑问道。

"我们既然登门了，就说明情况都了解了，还用我们提问吗？"钟细兵眼睛一瞪，意味深长道。

李云淡迟疑了片刻，狠下心道："我承认，我有错，这都是病人自己要求的，真的是推不掉。"

"别云里雾里的，从头到尾一点一点说，我们都记录在案。"钟细兵口气缓和一点道。

李云淡有一门绝技，通过把脉，能够分辨孕妇怀的是男是女，而且，只要一怀上，他就能判断出来，比B超检测更早更准，因此在民间小有名气。这自然是违反政策的，虽然需求甚多，李云淡一直是采取拒绝态度的，但是禁不住某些病人的要求，比如说有的生了一大串女儿，就想要一个儿子传宗接代，求你求得涕泪交流，或者有的带着亲戚，你也不能不讲点人情，几年下来，还是看了一些。这些人虽然都说自己绝不透露口风的，但世上确实没有不透风的墙。李云淡想到，自己最大的错误就是这个了，警察既然登门了，只好如实交代。

钟细兵点了点头，示意小吴记录在案，"还有呢？"

李云淡双手一摊，一副清清白白的样子，"真的没有啦，警官，我做人行医一向是本分的，这个你问左邻右舍都晓得。"

钟细兵双眼一瞪，"你这诊所是不是不想开了！"

李云淡吓得身子一缩，"千万别这样，这是我养家糊口的事，怎么能乱开玩笑呢，要不您提示一些？"

"你不老实。我不跟你啰唆，练丹青，你不会不认识吧！"

李云淡一听，倒是松了口气，"哎哟，练丹青，我倒是没想到这一辙。为什么呢？他可能有干些见不得人的勾当，但是不关我的事，我没参与呀。"

"你没有参与，那你怎么知道？"

"我是个考古爱好者，他拿些东西过来，我会帮助鉴定，这是我的兴趣之一，我没想过这跟犯错误能挂起钩来。"

钟细兵把桌子闷声一拍，"别油嘴滑舌，你的这些行为，都是帮凶的行为。你最好一五一十，从头交代。"

李云淡叹道："我早就叫他悬崖勒马了，他以为神不知鬼不觉，做好最后一单就金盆洗手，没想到还是逃不了如来佛的手掌心呀！"

事已至此，想来警方已经全盘掌握，现在是收网时分。抗拒是没什么用了，他顺水推舟，将练丹青这次的行动和盘托出。案情已经一目了然。现在必须控制练丹青，则可以对盗捞团伙进行围捕，否则一旦消息泄露，盗捞集团势必逃散。

"现在给你一个戴罪立功的机会。"

钟细兵低声说出了真实目的，让李云淡把练丹青引诱过来，请君入瓮。

李云淡沉默了，对一个相当为难的决定。

见李云淡迟迟不决，钟细兵道："干还是不干？不干的话我立即申请逮捕你。"

李云淡站起来，川字纹紧缩，又在瞬间打开，"配合警察工作理所当然，但我真是有一个心结。这件事只要另一个人同意这样做，我就能这样做，就是他女儿。"

李云淡便把练丹青与妻女的关系说了一遍。钟细兵听到他女儿因练丹青入狱，在学校受到侮辱而得了抑郁症，颇为动容。这让他想起自己的儿子，从幼儿园开始，就在学校里吹嘘自己的警察老爹，今天又抓了一个坏人，明天又破了什么案子，有谱的没谱的，都能说出来，总能引来几个同学的艳羡。钟细兵虽然嘴上批评孩子，以后不要在班上乱吹嘘了，但心里还是高兴。儿子以父亲的职业为荣,这是人生一件幸福的事呀。相比之下,练丹青女儿的遭遇令人唏嘘。

小吴插嘴道:"这不妥吧,万一他女儿把消息泄露给练丹青,岂不是乱了我们的计划?"

李云淡道:"这你倒不用担心,他女儿至今不肯与练丹青说一句话,如果说了,练丹青就是坐牢也高兴。"

钟细兵想了想,道:"小吴,你说得也有道理,但是道理之上还有更深的道理。我们逮捕一个人服法,服法并非本意,而是要让他有忏悔之心。如果他女儿对他有这么意味深长的意义,不妨试一试。"

小吴道:"这么文绉绉的话从你嘴里说出来,总觉得不适应,你是不是被李云淡医生给感染了?"

钟细兵皱眉道:"你什么意思?我没文化?"

小吴急忙辩解道:"那倒不是,你说话不带两个脏字,我都不适应。"

钟细兵自信道:"这叫粗中有细,你要跟我学着点。张飞还粗中有细呢,人家连字都不认识,我可是从大学毕业的。"

李云淡对着钟细兵竖起大拇指道:"你这个我服,从某个角度来说，办案就是讲道理，讲感情，练丹青心里有怨念，有执念，要是能让他真正心服口服，才能结束他几进宫的命运。"

钟细兵斜了他一眼，道："你还教我怎么办案？别给你点阳光你就灿烂。你说，办案就是讲道理讲感情，我这个老警察，会理解，小吴这样年轻的，真理解吗，保不齐他真的谈情说爱去，岂不是带了歪风。"

小吴埋怨道："钟副，我也没那么呆板，他的意思我也能理解七八分的。"

钟细兵道："别啰唆了，马上联系。"

练丹青到国风堂的时候，郑国风刚收了一块田黄，正在兴头上，浑身上下透着兴奋，他爽朗笑道："我最近财运大好！怎么，你是给我送财来了？"

练丹青尬笑道："托您吉言，发财应该不远了，正要跟您汇报情况。"

练丹青和外界的联系，都在楼下小卖部的电话里。而且这个电话号码，也只有少数至交知悉。郑天天送他手机，他从来没有打过一个，觉得不安全。他和池木乡也极少见面，两人约定，如果有一方被捕，也不会把对方招供出来。池木乡在电话里，说了最近老欧病倒了，船仔无心打捞，进展不力。练丹青让他不要着急，好事多磨，有点挫折是正常的。他关心的是安全问题，问草屿岛有什么风声。池木乡说这你放心，有可疑人员，我自然会警惕。练丹青还是不放心，道，最近岛上有外人吗？池木乡说，有个女游客，没什么事。练丹青紧张起来，你倒要搞清楚了，是不是公安的眼线。池木乡哈哈笑道，你太紧张了，你想到的我都想到，赶巧不巧，那女游客跟我们的船仔好上，掺黑在沙滩上亲热，你说要是公安，能这么干吗？你经常说我粗莽，倒是说说，这道理对不对，是吧，咱们也不能见风就是雨，影响咱们的活儿。练丹青道，这道理可以，有进步，但是警惕还是有必要的。池木乡道，就是呀，跟着你文化人做事，我越来越心细了，本来想骂船仔一顿，咱们干这种重要的事，你还玩上女人，但是想想呢，也不对，年轻人你要是惹急了，他不干活，我也拿他没法子，想想他玩他的，只要能把活儿干好，我不招惹他。练丹青对池木乡的表现大加赞赏，鼓励他做好船仔的思想工作，完成最后一击。又吩咐道："我们是求财，不要人命，你什么事都得悠着点。"

他知道池木乡手段凶狠，上次是少林负气走了，只剩两个"水鬼"了，练丹青直觉很可疑。他们是在求财，可不想惹上人命，时时刻刻都得劝他别意气用事。

郑国风听了，道："还是要加快速度，我听说公安局的行动，还在紧锣密鼓，你们这是顶风作案，如果不迅速，有可能撞上枪口，国外的买家也在问情况了。"练丹青道："我心里更急，但我也不能让他着急呀，对了，明代的银锭，大批量的收不收？"郑国风道："这个下一步再说，目前在这个风口上，只要市场上一出手，便晓得是海底的东西，警方顺藤摸瓜，我们吃不了兜着走。"

正事谈完，两人喝着茶，话题转移到郑天天上。练丹青道："郑天天最近怎么不见了？"郑国风道："打过她手机，说她正在度假，沙滩上晒太阳呢，叫我别打扰她。"练丹青嘿嘿笑道："她这么聪明，说度假，很有可能在执行任务。"郑国风道："谁知道呢，反正是中学开始，就不讲实话了。我说你一个人度什么假，给我找个男朋友回来，再孝顺一点的话，直接生个孩子回来。她还说，这事保不齐什么时候就发生了呢。我说，那你就有出息了。"练丹青道："要是能回心转意，叫她别干公安呢，成天忙，哪有空生孩子。"郑国风道："你可说对了，院长那边我送了一块这么大的芙蓉冻石，说话有底气。我说只要我女儿哪一天想当医生了，名额你得给我留着。"练丹青夸赞道："还是你这大老板能量大！"

从国风堂回到家后，练丹青一边看书，一边等待池木乡的消息。

那天他听见楼下叫电话，心里很激动，没想到是李云淡打过来的，叫他带着几块"饺子"银锭过来，告知他对样品有新的发现。

他一过来，看到了警察在场，只是一愣，就放松下来，显然是见过世面，或者预见自己早晚有这一天。小吴见练丹青脸色一紧，感觉要有动作，站了起来。练丹青道："别紧张，你们来了，我就不会走。怎么着也得喝杯茶。"

现在人证物证都在，多余的话倒不必说了，练丹青自顾自地往杯中倒茶，全场倒是他最为镇定，略微尴尬地问李云淡："不会是你设的局吧？"

李云淡闭上眼睛，道："你说呢？"

练丹青喝了一口白茶,道:"就是死,我想你也不可能做这种事,可是打电话叫我过来的恰恰是你——哎,这茶的味道就有点不纯正了。"

李云淡也给两位警察倒了茶,逮捕现场暂时变成茶座,比的是谁更沉稳。李云淡道:"有些执念,我觉得你必须去掉了,比如说你父亲跟你说的话,你也不能一辈子当成指路明灯,也该有自己的看法了。"

练丹青这回肯定是跑不掉了,钟细兵胸有成竹,有一种猫玩老鼠的轻松,对两位至交的谈话内容倒是有了兴趣,插嘴道:"他父亲说什么了,让他这么上心?"

李云淡道:"他父亲告诉他,只有狼心狗肺才能活下去,老老实实走正路,只会被人搞死,他记了一辈子。"

钟细兵道:"原来你不走正路,是有渊源的,我倒看过有很多家训留给后人,却没见过这么歪的家训。"

练丹青冷笑道:"这世上最疼我的,当然是我父亲,他用命换来的教训,难道会错吗,只是话不好听,你们不入耳罢了。"

李云淡道:"我相信那是你父亲留下的肺腑之言,但是他身处那个可悲的时代,说出的话是时代的罪恶开出的恶之花。

他被批斗，含冤而死，遗言中自然有不甘的愤怒，但我们总不能把恶之花一代代传下去吧。"

练丹青瞥了一眼李云淡，压住怒气道："是呀，是恶之花，可哪一代没有罪恶呢？罪恶不照样代代相传吗？老老实实的有活路吗？即便是我们在座的各位，哪个不是自己一屁股屎没擦干净，却教人干干净净地做人？己所不欲勿施于人，老祖宗的话早就不顶用了。"

这话明显是讽刺李云淡的不仁不义。李云淡被说得脸上一阵红，一阵白。他叹了口气，道："丹青呀，你还是不理解我，我叫你来的时候，我就也准备把自己交出去了。这件事，也像一粒沙子硌在我心上，我也想解脱了！"

话中有话，让钟细兵更加好奇，不等钟细兵发问，李云淡拿出猪肉饼做茶点，道："填点肚子，今儿是黄道吉日，贵客登门，我索性把肚子里的一股脑都掏出来。"

早年，练丹青去宾馆酒店偷画，是受了李云淡的启发。后来偷画成功，也让李云淡做顾问，做鉴定，甚至提供信息，出手成功后，李云淡也分了一杯羹。练丹青被捕的时候，并没有供出李云淡是共犯，让李云淡躲过一劫，当然也欠了一个情。

此事为双方的秘密，也是友情的见证。

李云淡陈述完了，伸出手做戴手铐的样子，笑道："这回你要是进去，我也得陪你进去，不孤单。"

练丹青似乎并不买账，道："你想进去，随时可以跟公安坦白自首，这跟把我忽悠过来没什么关系吧？人活一口气，这口气要是不顺的话，怎么也下不去的。"

李云淡点头道："你听个电话，就明白了。"

李云淡把拨通的电话给了练丹青。练丹青警惕地接过，像是拿了一个烫手山芋。对面是女儿的声音，但是听起来却陌生，道："爸爸，这事你不要怪云淡叔叔，全是我的主意……"练丹青愣愣听着电话，脸色像是台风的天空，脸上云聚云散，变化多端，一会儿如疯子，一会儿如孩童，一会儿如思想者，后来眼泪就下来了，最后哽咽着连连道："女儿，我都听你的，只要你肯认了这个爸爸！"

放下电话练丹青泪雨瓢泼，直哭得筋疲力尽，他举起双手，道："快点把我铐走，早去早回！"

钟细兵和小吴面面相觑，从未见过这么急不可耐想坐牢的人。钟细兵道："坐牢不是你想去就去的，要法院审判再走程序，不过从现在开始，我必须对你进行逮捕审讯，先把东西给收拾一下。"

他们在练丹青的包里查出一部手机，钟细兵想去查通话记录。练丹青道："别查了，没用过。这是我徒弟也是你们公安系统的郑天天送给我的，目的也是想查我的底细。对了，我给郑天天打个电话，告诉她我已经服法了，不要再费心思了，打完你们就把这个还给她。"

钟细兵嘿嘿笑了。如果他打给郑天天，告诉郑天天练丹青被自己逮捕了，郑天天不晓得是生气还是奇怪。他笑道："你打吧，也许这是你最后一个与外界联系的机会。"

练丹青拨打了郑天天手机，信号不太好，又打了一遍，没有人接，还是没能成功。

练丹青嗤之以鼻道："还说我打电话一定会接，第一次就放鸽子了。"突然间他想到什么，问钟细兵道："郑天天也是你们专案组的吧？她有没有出去侦查？"钟细兵被反问住了，道："你不用问我，你想说什么就说出来。"练丹青道："她不接我手机，难道是心中有鬼？"钟细兵道："你才心中有鬼呢，走，都回局里！"

21

郑天天在体验人生最初的囚禁岁月，房间幽暗，只有门缝里透入一点光线。潮湿的气息沁入脑海，这容易想到死。是的，池木乡只不过是暂时放她一马，等待任务完成后，会不会灭口，是个未知数。自己的处境，就跟电影里一样，怎么会这样呢？她在恐惧中暗暗发笑。

如果自己没有跟船仔做最后一次告别，悄悄离岛，现在已经坐在指挥部的会议室，纵横捭阖，布置收网计划。她猛地想起高副厅长的一句话：不要感情用事！原因全在自己轻视了这句话。

如果被灭口的话，自己短短的一生，有什么遗憾呢？她不免想到这个问题。她挣扎，但是没有用。想着想着，瞌睡来了，睡了过去。天渐渐黑了，一片寂静。而虫鸣的声音，是寂静中唯一的慰藉。她不敢睡过去，又怕蛇进来。

郑天天在扛过一个夜晚之后，次日清晨，终于听到了脚步声。脚步声在走廊上回荡,既是一种希望,又让她毛骨悚然,也有可能是她的丧钟。不过,她还是以特有的敏感,感觉到这是女性的脚步。

是阿兰,给她送吃的来了,是岛上的红苕。在沙地上种的,大潮的时候,沙地会被海水渗透,红苕有咸味。郑天天倒也不客气,边往嘴里塞边哽咽道:"姐,你放我走吧。"

阿兰冷笑道:"我放你走,我要被我男人弄死。你不是也有男人嘛,你跟我说说,如果你的男人知道你被抓了,会来救你吗?"

"什么男人?"

"你别装傻,船仔不是你的男人吗,在海滩上你们搞得不爽吗?哦,你就是那种贱货,把男人玩完就忘了是吗?"

郑天天被说得又难过,又羞愧,胸口像有一窝蚂蚁在爬。

"这是给你吃的最后一顿饭,你珍惜吧。"阿兰居高临下,很放肆地笑起来。笑声里,有一种恶意。

郑天天吃了一惊,瞬间危险的逼近也让她精神抖擞起来,警察的天性,让她马上处于备战的警惕状态。

"你想杀了我?"郑天天问道。她眼睛瞟了一下四周,心想自己在手脚被束缚的情况下，如何能够与之搏斗，寻找一线生机。

"我不杀你，但是我的男人会结果了你，要不是我警惕，你就坏了我们的好事了。"

郑天天不晓得阿兰知道多少，道："我不是你们想象的那样。"

"你说说，我们的情况，你们掌握多少？"

"没有，我根本就不是什么侦查人员，我是个医生，你们都误会了。"

阿兰没什么耐心，道："行，我说不过你，不啰唆了。我就告诉你，今天我们出去，如果有收获，你可能还有命，但这条命也是我给你的，因为我跟我的男人说，咱们谋财不害命；如果没有收获，这就是你的最后一顿饭，我们要离开这个岛屿了，我的男人不想放过你。因为这一切，都是你搞砸的！"

郑天天道："你们真的搞错了，我是个医生，我可以把你女儿的病治好！"

阿兰犹豫了一下，头也不回地走了。郑天天听着脚步声越来越远，一切又归于死一般的沉寂。她使劲儿地摇动手腕，增大绳子与手腕之间的空隙,期待奇迹降临。

在暗黑的海上,池木乡等待良久之后,拉出空空如也的氧气管。起先他还以为船仔海底失事,后来才想到这家伙是从海底逃走了。是的,这个风筝,没有他爹这条绳子,自然会飞走的。他愤怒至极,拍了一下脑门,算出其一,算不出其二。此刻他手中如果有一把冲锋枪,他指定要把整个海面扫射一遍。他驾着船疯狂地在海上逡巡,希望能把船仔撞成碎片!

他气急败坏地回来,把锅碗瓢盆砸了一遍,这才把怒火稍稍发泄一些。他狠狠道:"我不干了,我去把那个女的搞死,然后去古湖岛,把船仔弄死,一走了之!"

阿兰等他发泄够了,给他递上湿毛巾,道:"你先擦把脸,再想一想,把人杀了,我们能获得什么?我们背着人命,以后还有活路吗?"

"那怎么办,我们就便宜了这小子?"

"他也没白忙活,你不是说,他们父子打通了沉船的通道,只差最后的勘探了,你有手有脚,怎么不行呢?"

"你要知道,一个人深潜,多危险!"

"我不是人吗?我不可以待在船上接应吗?"

"你一个女人……"

"这个时候了,你还在忌讳男人女人的,我告诉你,这件事,没有我就不成。你说老欧父子是你的福星,我才是,你懂吗?"

阿兰的声音有点声嘶力竭。对于池木乡一直把女人当成船上晦气这事,她一直耿耿于怀。她要让池木乡意识到,女人才是男人成功的幕后英雄。

两人商议的结果,让池木乡先摁下杀心,次日两人一起出海,池木乡当"水鬼",阿兰在船上照应。至于被囚禁的郑天天,池木乡说做了干净,但阿兰不同意,如果两人能找到宝贝,就让她在山洞里自生自灭。如果找不到,两人也要离开,因为阿兰感觉到危险的逼近。

水下没有潜伴,船上没有照应,无异于自杀。但池木乡的脑海里,好像有一条金光闪闪的水下通道。这条通道,在老欧的嘴里演绎过,在练丹青的嘴里,就更神奇了。那是船主每日进出的地方,放着最珍贵的器物,每日把玩。虽然这艘船已经沉没,在沉没中坍塌,通道已经堵住,但通道的尽头,是他梦中见过的东西。

池木乡深深吸了一口气,然后戴上通气面罩。大海像一块黑沉沉的铁,他脑门一道光束,像萤火虫,就这样投入黑暗。天生的赌性,让他放手一搏。船已经抛锚,在海面晃荡。如果风大的话,也许会背叛它的主人,漂到远处,甚至拉动船锚,扯断通气管,船毁人亡在所难免。池木乡交代给阿兰,如何应付这一切。

他没有丝毫畏惧,一切理所当然。相对于几个"水鬼",他觉得自己才是水中之王。小时候,被父亲绑着石块,抛到水中,他有过深深的恐惧。摆脱之后,他感到无尽的自在。但那种仇恨挥之不去。后来,小伙伴们一起在海中潜水,他的鸟毛刚刚长出一些,被同龄的乌头嘲笑。他抱起乌头就潜到水里,用脚踝绞住,想把他憋死。要不是伙伴们相救,乌头有可能被憋死。他有一种快感。在水底,他觉得可以为所欲为,做令自己很爽的事。

显然,赌运在池木乡这一头。不到一个小时,他匆匆上来,在船上朝着阿兰大喊:我发财啦,我发财啦,你们听见没有。所有的愤怒、激动与狂喜交杂在一起,使得他像一头怒吼的狮子,刚刚杀死一头大象。他拉动引擎,呼啸着得胜回朝。

他开足最大的马力,在夜晚的海上叫嚣前进。这是十分危险的,他也不知道自己为什么要这样做。也许想用速度发泄自己的狂喜。在一个浪头中,船只打了个趔趄,腾空而起,又拍在水面,差点翻倒,但池木乡并没有减慢速度。

船仔上岸后,一觉睡了十二小时。他从来没有这样睡过,就像死了一遍,活过来后脑子变得异常清醒。

站在孤零零的屋子里,是如此熟悉又陌生。陌生是因为这个屋子已经没有了父亲,他不是很能适应这种安静。以后,自己是这个屋子的唯一的主人了。

他有一种委屈,似乎这一切并不应该发生。

腹中的饥饿前所未有,他站起来后,前胸贴着后背,感觉自己是晒干的鱼。

在阿豪家,他狼吞虎咽,吃下一条两斤重的石斑鱼。又说:"要是有一碗肉就好了。"阿豪道:"这几天没离岛,肉都吃光了。"又道,"你再也吃不到你爹的酱油肉了。"船仔听了,猛地意识到自己是无父无母的孤儿了,悲从心起,号啕大哭。

阿豪想劝慰，又不懂怎么说，只好说："哭有什么用，哭又不能让你爹活过来。"船仔的哭声本来快要止住，一刺激，脸上又像下了一场泥石流。

阿豪只能另起一个话题，道："船仔，你跟你爹到底是干什么，该告诉我了，一切都很异常，我担心你回不来呢。"

船仔沉默良久，现在只有阿豪算是知心朋友。他叹了一口气，讲了自己的经历。

阿豪眼睛眨着，像黑夜里的星星，突然道："我感觉你爹不像是病死，倒像是被人害死。"

"真的吗？"

"我没骗你。你记得我们棺材抬到鹰嘴岩的时候，绳子突然断了，棺材盖打开。我好奇，细瞅了几眼，发觉你爹的表情很怪，而且貌似脖子上还有勒痕呢。那是你爹有灵呀！"

船仔在潜意识中也有蹊跷之感。但是几天来，一直被悲痛、纠结的情绪淹没。现在被阿豪一讲，也警觉起来。

"当时你怎么不说？"

"你带的那人那么横，好像老提防着什么，说实在的，我当时不敢开口。对了,我觉得就是他搞的。"

阿豪越说越觉得有戏,一桩谋杀案件呼之欲出。

"他为什么要杀害我爹,不可能。"船仔还是觉得难以置信。虽然他与池木乡有冲突,但是池木乡对他们父子一直是信任的,寄予厚望的,下狠手,实在是想不通。

"你爹病了,没用了,还是影响你心情的累赘,他们可能是下狠手,除去后患。"

船仔呆呆地回忆,到底是什么理由,能让池木乡下狠手呢?他突然想起四个人打牌的那个夜里,阿兰尖锐的声音:没用的牌,还放在手上干吗!

这句话在他脑海里久久回荡。

船仔突然掩面呜咽,久久恸哭,身子一抽一抽的。阿豪不耐烦了,道:"哭有啥用,能把你爹哭活了?!"船仔哽咽道:"我后悔呀,后悔死了,我怪我自己没有勇气跟池木乡做一次对决,如果我有勇气的话,早就可以带着我爹回来了。"

阿豪叹道:"也别这么说,是你爹要你留在那儿的。"

"不,这只是我的借口,实际上还是因为我不是一个男人,不敢和他对抗,是我害了我爹!什么救命、报恩,全是胡扯,就是他看我和我爹好欺负，才敢这么逼我！"船仔抹了一把眼泪道，"如果可以再来一次，我可以不用考虑我爹的意见，跟他来一次决斗。"

阿豪想想，也是，在强者面前，没有什么以命换命的理论，只有一决输赢。

"后悔有啥用，咱们要不报警吧？"阿豪建议道。

"报警？那池木乡会认为我没有勇气面对他，这件事你别管了，我来亲自问他，为什么要这么干！"船仔狠狠道。

船仔再次登上草屿岛，心情已经不太一样。现在的草屿岛，在他心中成为一个谋杀之岛。虽然没有切实的证据，但相信，当他直面池木乡的时候，一切都能昭然于天下。

对于池木乡，可以说，之前，他一直渴望逃避。可是现在，他觉得只有找到这个人，自己才能获得自在。死亡的疑问，复仇的欲望，像一个紧箍咒，紧紧勒住他的脑袋。

上岸后，他直奔池木乡的屋子，可人去楼空，院子里还留着一件池木乡的破衬衫。想来是他从海上回来，直接扔在这里的，可以想象他来去如风的样子。

船仔呆在那里。一切像是已经结束，一切又像是重新开始。自己逃跑之后，池木乡是放弃行动，还是已经盗宝成功了？总之，盗捞结束了，但是自己的仇恨才刚刚开始。面对空荡荡的屋子，下一步他该怎么办？

　　茫然，空虚。他蹲下身，双手捂住眼睛，回到黑暗中看到一丝光亮。昨夜的梦浮现在他的眼前。一个女人在一个幽深的隧道里走着，时不时朝他招手。看不清面目，但他能确定是自己的娘。自己没见过娘，但是能心领神会，前方肯定有惊喜在等待自己，甚至他能听见娘隐隐的笑声。即便在黝黑的隧道里，他也没有丝毫害怕，而是充满希望地跟着往前走。这个地方，他也有似曾相识的感觉，阴森而温暖。他心里还想，只要一到前方，就能看见娘了，也能看见娘要让自己看的东西，那一定是娘第一次见面给儿子的礼物。他从来没有如此喜悦过。不幸的是，一声鸡鸣，梦境戛然而止。

　　那种幽深的感觉沁入脑海，他突然心有所感，出门，像被一个幽灵带着，失魂落魄地往山上走。突然间，草丛里传来手机的铃声。他一激灵，循声找到一部手机，他认得，这是郑天天的手机，也就是少林想给冰冰买的那一种，他记得很牢。他捡起手机的时候，正是手机最后的顽强，然后就没电了。郑天天的手机怎么会丢在这里？他心里一惊。

他飞奔向山顶，脑子里越来越清醒。山洞的工事里，有着池木乡的阴谋。

他喘着粗气，进入地下工事。在黝黑的隧道，他感受自己的气息。同时，他一步步，也在辨听周围的声音。而且，他还知道，自己周围，有母亲的魂灵在庇护与指引。

地下工事的房间，他跟父亲抬着"饺子"进来过。他觉得是个罪恶的地方，平时并不好奇，也不做过多停留，他不喜欢在幽闭的环境里。

放"饺子"的房间门开着，"饺子"已经不见踪影。可以肯定，池木乡连人带赃已经撤离。而郑天天的手机为什么会在路上？

一片幽暗与寂静，甚至是恐怖。

他突然声嘶力竭喊道："池木乡，你给我出来！"

声音在回荡，在密闭的空间里，像波浪，模糊不清，甚至把自己的耳朵震麻了。

他再次喊："郑天天，你在吗？我是船仔！"

声音沉寂之后，他听到了一声叫唤，连他都吓了一跳。那是一个女人的声音："你是船仔吗？我在这儿！"

他循声一步步过去，保持着警惕，他怕黑暗中扑出一个人。他确定是郑天天的声音，但他不知道是不是一个陷阱！

那是一间被锁住的房间，郑天天被关在里面。她的声音已经很无力，如果没有人发现，她会继续无力下去，口干舌燥，嗓子发不出声，直至最后饿死。现在是一个良好的契机，她还能发声求救。

船仔找了一块石头，砸开锁。郑天天被救出来的时候，连走路都不稳了。腿脚蜷缩太久，血管神经都麻木了。她哇的一声，扑到船仔身上，恸哭道："我已经死过一次了！"

池木乡宝贝得手之后，和阿兰一起过来收拾残局，第一件事是把"饺子"也带走。阿兰原来贪财，怕这事不成，自己过来把"饺子"偷了一部分，藏在屋子边上。万一这"饺子"值钱，以后就是自己的家当了。阿兰问池木乡，"饺子"到底值不值钱。池木乡说，"饺子"什么价值，练丹青还没定数，但是这玩意儿总归得拿走，否则就是一个罪证。

处理好"饺子"，然后是郑天天。阿兰的想法，是把郑天天锁在工事，生死有命，反正现在已经得手，远走高飞，不要非得留个杀人的罪恶。池木乡说,你说得对,我去看看她就走。

从池木乡踏进囚房,郑天天便知道,他是来要自己小命的。此刻她心中冷静多于害怕,她想挑战自己,能不能在绝境中逃生。毕竟,池木乡是一个粗人,而她是警察。虽然手脚被束缚,看似动弹不得,但是需要的是智慧。

在与池木乡的言语周旋中,她确定池木乡要用最简洁的方式,勒死自己,马上制定了对策:假死。在看过的逃生教学片中,这一招是最无用也是最有用的,必须有极高的表演才能和定力。被勒住的时候,她屏住呼吸,她想起船仔教她的潜水绝招:将自己处于休眠状态,不思考,不害怕,无动于衷,不浪费任何一点氧气,在海中与水融为一体。

她就这样屏息静气,其间表演了一下蹬腿断气。她心中肃穆,把自己想象成一汪水,能生能死。当池木乡松手的时候,她平静的表情下,肺都快炸了。

池木乡的意思就是,不留手尾,把郑天天勒死,等人发现这里的尸骨,勒死和饿死也没什么两样。

郑天天逃过了一劫,比原来更谨慎了。池木乡走后,她决定自救,她挪到墙角,想利用墙角的棱角磨绳子,收效甚微,而自己的力气也在一点点地耗尽。

在绝境中遇到船仔相救,她百感交集,觉得自己此生的命运跟船仔连在一起。在获得安全感之后,她极为动情,问:"你是来救我的,是吗?"

船仔严肃地摇了摇头:"我是来给我爹讨个说法。"

船仔简单地说了对父亲之死的质疑。郑天天点头道:"极有可能,池木乡杀人简单粗暴,喜欢直接勒死。"

郑天天告诉船仔,池木乡已经获得了宝贝,离开草屿岛了。船仔一时之间有点茫然,天大地大,何处能找到池木乡!

他们走出地洞,正逢专案组成员上岛来寻找郑天天。高副厅长没有等到每天例行的手机汇报,并且在打郑天天的手机无人应答后,判断出了意外,立即开展上岛行动。只可惜这个行动还是慢了一步,让池木乡逃出生天。

船仔一下山,便看见穿着制服的公安人员的身影,拉着郑天天想要躲避。郑天天忙道:"别跑,是自己人。"船仔有点蒙圈,踌躇不前。郑天天道:"对不起,我骗了你,我是他们的同事。"

船仔一下子反应不过来,愣在原处。他脑子本来已经乱成麻了，现在更乱成一团糨糊，在任何地方，自己都变成让人摆布的棋子。他定在那里，对郑天天怒吼道："原来你也是来利用我的。咱们各走各的路，以后就当不认识！"

郑天天愧疚道："对不起，船仔，对不起你。"

"你不用对不起，每个人都有每个人的套路，我不会再相信任何人了。对了，我告诉你，你娘的跳楼，肯定是受到一个最依赖的人的刺激，就像我现在一样，才有死心，你是警察，就好好去查一查吧！"

船仔说完，就从草丛的岔道一闪，不见人影了。郑天天瘫软在地！

22

藏天阁所在的西门街上，到了周六周日，小贩们把寿山石、古玩玉器、旧书字画，一股脑摆出来亮相，熙熙攘攘，算是福州一景。船仔第一次摸到这里，找的是国风堂。他像一只丧家之犬，在街边的玻璃门上看见自己，失魂落魄，与此地格格不入。他是荒岛大海的异类。他去记忆中寻找池木乡的踪迹，只记得池木乡说过，寻到宝贝后，会到国风堂交易。他希望在这里找到池木乡。

国风堂里，还是郑国风在站台。他身着古朴短衫，摇着蒲扇，在翻看一本古玩鉴定的书，儒雅而仙风道骨，完全不像与这种事沾边的。船仔犹豫了很久，最终还是忍不住走上前。郑国风看见来了一个衣裳拉垮的后生仔，看样子不像是搞古玩的，也很奇怪。见船仔嘴拙，便主动问道："你做甚的？"

"我找人，有没有一个叫池木乡的，到你这儿交货？"

郑国风摇摇头。

船仔很失望。他相信郑国风这样的人，不可能说谎，也不可能骗他。

倒是郑国风有点奇怪，道："怎么会来我这里找？"

船仔用手比画了一下，道："他有元代青花瓷盘子，说会找你收的。"

郑国风果断地摇了摇头，道："没收过。你找他什么事，想分钱？"

"不是钱的事，我只想找他。"

郑国风吓得连连摆手道："我这里是买卖的地方,你快点走。"

船仔再看了一眼,琳琅满目的古玩,转头走了。他现在百般空虚,无依无靠,池木乡就是让他唯一感到充实的人,就是他的人生目标。是的,父母都走了,连郑天天也不值得信任,他现在心中只有池木乡。

在草屿岛上,他发现郑天天是一名警察,一个卧底,原来自己投入的真情,都是假的,郑天天对自己的亲切与热情,不过是为了探听消息。世界在他脑海中崩塌。

现在他实在饿了,在城隍庙的祭桌上拿了果品吃。恰好一对夫妇带着孩子来烧香,被那七八岁的孩子瞅见了,叫道:"妈妈,他偷吃神的东西。"那妈妈没有责怪,反而安慰道:"肚子饿了,是可以吃的,神不会责怪没饭吃的人。"船仔一听,眼泪就出来了。他靠在墙角有电风扇的地方睡了一会儿,也就是那么五六分钟,醒来后脑子里特别清醒,突然想起一个信息:阿兰曾经说过,她把孩子寄养在古溪村的妹妹阿燕家,找到阿兰,肯定有办法找到池木乡。

也许是打盹之后脑子特别清醒,也许是神赐的灵感,总之,这一次可能是他一生的最后的机会，否则他将继续流浪下去，没有勇气再回自己的岛上，回去面对父亲的灵魂。

古溪村是城中村，在县城的扩张中，其实已经与县城连为一体，不过村中还保留着老街和住宅。范围不大，船仔很快打听到阿燕的家。但这次他吸取教训，并没有打草惊蛇，只不过在附近蹲守。转角处小卖部有个小赌场，几个闲人在那里玩色子。照理来说，如果阿兰住在附近，她应该会出来玩的，因为她对赌博这一门手艺的热爱，已经是骨灰级了，没有理由不出来呀。等待了良久之后，船仔开始怀疑。

就在他快要失去耐心的时候，终于看见阿兰带着一个女孩出门了，还拎着一个粉色的箱子。但是没有看见池木乡。船仔的心怦怦跳。不管如何，这是一个重要的线索，跟着阿兰准没错。阿兰在村口叫了一辆三轮车，师傅蹬得还挺快的，船仔在后面追赶，一会儿就气喘吁吁。他双腿麻木，机械跑动，双眼盯着前方，脚下一绊，便跌了一跤。脸上蹭破了，爬起来继续追，像一个纸扎的人。路上的人见着，都以为是个疯子。

气喘吁吁跑到码头的时候，三轮车终于停了。阿兰下车的时候，池木乡终于出现了。他一脸自信的胜利的笑容，一点看不出是强盗和杀人犯，他的样子显然是来接母女俩，一起坐轮渡出去，远走高飞。

船仔突然出现在跟前，也让池木乡吃了一惊。池木乡盯着船仔，没有说话，也许心中也在猜想他的来意。两人就这样对峙着，等待着对方先发飙。

"我爹是你杀死的？！"

池木乡没料到船仔会问出这个问题。在那一瞬间，条件反射的怯意在眼里一闪而过，随即便狰狞起来，"你不守信用，还敢回来胡搅蛮缠！"

船仔没有理会，"我爹死前是非常痛苦的，手紧紧抓住床板，脖子上还有勒痕，是不是你干的？"

池木乡一愣，眼神又流露出一闪而逝的怯意，随即布满杀机道："你问个屁，你就是一条落荒而逃的狗，你这条狗命就是我的，你有什么资格跟我问七问八的！"

船仔已经从池木乡的眼里得到了答案。因为这个蛮横而自大的男人，从来没有过怯意。

看到池木乡想走，船仔扑了上来，两个人就这样扭打起来。池木乡人高马大，一把抱住船仔，对阿兰道："你先走。"阿兰带着孩子，提着箱子先走。池木乡把船仔勒住，趁他没力气的时候，一把甩出去。这是一场不对称的对决，池木乡想速战速决，但是船仔像一块牛皮糖，从地上爬起来又黏上去。周围人不晓得发生了什么，都围观起来。反复几次，船仔已经没什么劲了，池木乡最后一次狠狠地将他摔到墙角处，并且将他的头像个尿壶一样撞在墙上。经过这一天的奔波，船仔精气神已经消耗殆尽，就像一个干掉的丝瓜。周围人看到池木乡满脸杀气，都不敢上前。池木乡终于把包袱甩掉，大步向前去追阿兰。走到桥梯上，刚回头一看，那个已经躺在地上不能动的船仔，又飞快地扑过来，两人一起掉进水里。岸边响起一串惊呼声。

在水中，船仔用最后的力气，像一只章鱼一样缠住池木乡。任凭池木乡捶他勒他如何挣扎，他只屏住呼吸，似生似死。如果与池木乡一起淹死，也遂了他的愿望。

等巡逻警察到来，把他俩捞上来的时候，两个人都没什么力气了。船仔对着警察说了一句：他是个杀人犯。然后就晕了过去。

这不是练丹青第一次坐在审讯室。上一次盗画，他被审讯，吞吞吐吐，藏藏掖掖，希望自己少判几年，还把李云淡给掩盖过去。这次呢，则是竹筒倒豆子，简单，就是自己想发一笔横财，未遂。池木乡那边，有攻守同盟，他是不愿多开口的。后来被告知，池木乡也被擒获，他才吐出一些，落个自在，只求早早判决，早进早出。女儿答应，假期回国，会来探监，他既伤心，又开心，不过活到这个份上，也看透了，就把牢里当成一个温暖的家吧。

审讯员之一，是钟细兵，他有心结，当然不会放过这个机会。

"乔教授的货，是你供应的吧？"钟细兵意味深长问道。

"有过交易。"

"我指的是摆满他小院子里的海捞瓷赝品。"

"嗯，不过我们这一行都是靠眼力吃饭，愿赌服输。"

"这我明白，这也是乔教授到死也不吭声的原因。但是据我了解，你们家跟乔教授算是两代都相熟的，渊源颇深，乔教授也没少关照你，你要是不承认，我也能举例一二，你说呢？"

"是呀，他跟我爸当年是至交，听说两个人穿过一条裤子，谁去相亲，那条裤子就谁穿着。至于我吗，也许他可怜我是个没爹的孩子吧,给我小恩小惠那是有的。"

"小恩小惠,亏你说得出口。我就一直想不明白,既然如此,你何至于挖这么大的坑,请他入瓮。你心里应该清楚,你这相当于杀了他。"

"我杀了他,你有什么证据?"

"直接证据倒是没有,所以我现在只是在良心上审判你。他脑溢血发作,是在知道被你坑了之后,你说,你是不是一个间接凶手?"

"我不承认,只能说他的命数到了,你要怪就去怪阎王爷。"

如果不是在审讯室,如果不是同事盯着,钟细兵早就上前,至少给他三个大嘴巴子。他摁住心中的怒火,道:"我真的想知道,你的心是不是黑的,你这种人活着还有什么意义。李云淡说,我们这一代不要再把恶之花传下去。在我看来,你已经变成一朵毒蘑菇了。"

"作为警察,你只需要问我犯不犯法,而不必问我道德不道德,这已经超出你的审问范畴。"练丹青脸上带着笑意,似乎在故意激怒钟细兵,而此刻,他有点反客为主,道,"你一定是那个他经常提及的钟细兵,他应该把你当成儿子看待吧。

如果他不是看你年轻有为，我想也不会对你这么好吧。"

"可是，他对于你这个从监狱里放出来的家伙，好像也很不错，你应该在他家吃过饭吧，还是他亲手做的。"

"你的眼光也只能看到这些小恩小惠，你就是那种以为看到的就是全世界的人。"练丹青嗤之以鼻，"如果跟案件无关的话，我不想再跟你唠下去。"

"我摸到了你的良心，也不想跟你唠下去了，因为不值得。"钟细兵缓了口气，"等你女儿回来，我也跟她探讨一下，这样的父亲是否配得上父亲这个称呼。对了，你前妻赵芳已经把五万块钱退回来了，那笔钱，应该是乔教授的吧？"

这句话，一下子击中了练丹青的软肋。他的笑容瞬间凝固。

"能不能别这样。"练丹青低声道，"李云淡说得对，咱们能不能别把仇恨留给下一代？"

"道理当然是这样，可是你没有忏悔，又怎能中止罪恶呢？那死去的人又怎么瞑目呢？"

练丹青闭上眼，黑暗中一丝光线透进来，那是他父亲躺在床上的最后时刻。被批斗完，他回家，米汤都喝不进去，就知道要不行了。他必须留下遗言，把自己一生的爱恨与教训，留给练丹青。在暗黑的屋子，有一束光从瓦片间透进来，练丹青以为是救赎之光，没想到那束光，只是让他看清父亲最后的样貌，记住最后的话语。父亲拼尽最后的力气说："没想到写检举材料的，是乔修远，我身体是不成了，我的心也死了。记住，以后要狼心狗肺，才能活下去，老老实实是没有出路的，记住我的话了吗？"练丹青抓住他的手，流着泪狠狠点头。父亲交代完毕，才悄悄溜出去跳海，不晓得是对人世的绝望，还是不想迎接再一次的批斗。

这最后一幕，使得练丹青往后的日子，是带着仇恨活着。与乔教授的打交道，也是五味杂陈，不可避免地，复仇的火焰在微微燃烧。现在乔教授死了，这算是复仇，还是后悔呢？他突然无从分辨。

练丹青睁开眼睛，眼泪已从眼眶渗出。他张开唇，瞬间，随即把想说的话又吞了回去。他想让钟细兵保持对乔教授完整的爱，他记住李云淡的话了。

"我狼心狗肺，对不住他，请代我向他家人说一声。"练丹青真诚道。

钟细兵细细看着他，但依然无法捕捉他内心的变化，道：

"我希望你出狱的第一天,能够带一束花,到乔教授的墓前,亲口对他说这句话。"

"我一定!"练丹青咬着嘴唇,使劲儿点头。

23

池木乡被捕后,随身行李里并没有发现元青花瓷,但是发现了二十万的人民币。这不是一笔小数目,证明他盗捞上有丰硕成果。根据他的陈述,他捞到了元青花瓷,去找练丹青的时候,根据接头暗号,练丹青没有回馈,他便知道练丹青出事了。他自己留了后手,跟一个叫水哥的台湾人联系,很快出手了,以二十万成交。而台湾人一得到宝贝,也匆匆回台了。根据他的描述,这件元青花瓷价格应该在百万以上。池木乡说水哥说就是这个价格,他又不懂,能卖出去总是好的。

在机场查看,果然有叫林金水的台湾人当天的出境记录。若是这样,文物还是流失了,"丝路古船"行动并未成功。

池木乡身上还有更多的罪案谜团,但他是个老江湖了,真假莫辨。

关于池木乡盗捞古船的罪行，人证物证都在，无可辩驳，他也不反驳。但是少林身亡一案，他拒不承认有作案；至于老欧身亡，通过法医的验尸报告，发现脖子上也有绳子的勒痕，死于窒息，他也不承认，又缺乏有力物证，无奈之下，只能让测谎技术帮助。

在公安厅大楼四层的心测室，郑天天亲自把呼吸带围在池木乡的腰间。这是心测室建成以来的第一次测试。郑天天是心测师，但此刻，她觉得应该先给自己做个心理按摩。因为，一见到池木乡，那种心惊肉跳的恐惧就不约而来。解铃还须系铃人，她必须克服这一道障碍。

"中午吃饭了吗？"郑天天问道。

在心测之前，必须先跟被测试者闲谈，这叫"测前谈话"，消除谈话者的敌意，稳定其心理，使其达到最佳的测试状态，提高心测的准确度。

"是不是因为我没弄死你，你那么关心我？"

"你弄死我了，是船仔教我的办法让我得到自救。"

池木乡一下子激动起来，道："都是这小子，坏了我好事。

你要杀要砍随便，还有什么可说的！"

"闲聊一下嘛，怕你紧张。"

"我在一个女人面前紧张，真是笑话。"

"不紧张最好，中午饭吃了吗？"

"当然吃了，你以为我怕得吃不下饭？晚上来瓶酒更好。"

"吃饱了吗？"

"那还用说。"

"你有得过大病或者做过什么手术吗？"

"还真没有。"

"现在有什么不舒服吗？"

"没有不舒服，就是有点遗憾。"

池木乡双手被铐在椅子上，斜着眼看着郑天天在身边晃来晃去，嘿嘿笑道："我真后悔！"郑天天道："后悔什么？"

"后悔没把你弄干净了！"

郑天天的身子微微一颤，调整了一下呼吸，装作不在意，"有必要吗？"

"当然，你居然是卧底，而我看走眼了，你说我能不后悔吗？要是把你搞了，也算出口气。"池木乡对自己被套路耿耿于怀，"你应该感谢阿兰，要不是阿兰，我在海上就把你搞死了。"

"我心里也是这么想的。"

谈话结束，郑天天将测试注意事项告知，把一份《心理测试自愿书》放在他面前，道："已经告诉你测试仪的性能和注意事项，如果没有异议请你签字。"

"少林原先是不是在你那里当'水鬼'？"郑天天单刀直入。

"是的。"

"他是怎么死的？"

"我不知道。"

"是不是你杀的？"

"我不知道。"

"你最后见他是在什么时候？"

"我把他送到海坛码头，他就自己走了。"

心测数据不断在屏幕上显示。人在紧张的时候就会心跳加快，血压升高，皮肤电反应会出现波动，这些指标成为揭穿谎言的基础数据。数据显示，池木乡开始趋向紧张，也许这些台词在他脑海中已经演练过，并没有达到阳性指标。但在这个行业里，有个行话"人机结合，以人为主"，测谎仪只是起一个辅助的作用，更重要的是测谎人员利用数据的指向性和问题的准确程度，突破被测者的心理防线，暴露其内心的真实想法。

"可是有证据表明，你根本没有送他到海坛码头。"郑天天严肃道。

"胡说，你怎么知道，谁看见啦？"

"阿兰说的。"

池木乡呆了一下，身体忽然晃动。测试数据本来向阳性靠拢，这一晃动，突然变得紊乱。显然，这是被测人员采取自保的下意识行动。

心测与预审不同，不能敲山震虎，把被测者逼入死角，只有讲事实，保证测试者的规范，才能得到准确的结果，然后把这些结果，作为预审的支持。

郑天天过去，给他倒了杯水，道："不要紧张，你一个大男人，说个话还晃来晃去的，江湖上也是一条汉子呢。"

喝了口水，图像稳定后，继续心测。

"你还坚持你自己的说法吗？"

"阿兰不知道我们去哪里，她是被你们逼着胡说的。"

"你送少林到码头,说了什么?"

"没说什么。"

"两个人告别了,怎么可能不说话。"

"就不说话。"

"他为什么要离开?"

"受不了岛上的生活,想他女朋友了。"

"怎么可能,他想给他女朋友买手机,正筹钱呢,怎么可能临阵脱逃。"

"我不知道他的想法。"

"少林就是在跟你告别的那天死的。"

"我不知道。"

"少林是先被杀再沉尸,还是沉到水里淹死,你知道吗?"

池木乡脸色木然,不再回应。指标上,已经呈现阳性反应。

"要编造谎言,是很累的,比杀人还累。在被捕前,你并没有和阿兰做详细的口供统一,现在要回头,我叫阿兰跟你对质,你们能圆得清楚吗?"

人可以说谎,可以控制呼吸,甚至意志可以控制心跳,但是却无法控制瞳孔的放大和皮肤温度的反应。数据显示,池木乡已经完全处于谎言的反应中。

"我们对你的测谎已经有结论了，可以结束了，你还有什么要说的吗？"

池木乡闭上眼睛，他在做最后的盘算，并且做了一个决定。

"你没有对阿兰做什么吧？她可是对你有恩的。"池木乡虎视眈眈地问道。

"我十分感谢她，在法律允许范围内，我会尽量去保护她。我们只是对她做了常规审问，她已经回家带孩子了。"

"你把阿兰和孩子带过来，让我说几句话，然后我都告诉你。"

郑天天和复测员常洁对视了一下，示意常洁出去请示。

被捕的那一天，池木乡料定有些血雨腥风的事情会出现，他没有让阿兰参与，让阿兰回陆地去看看孩子。他内心也不愿意把阿兰卷进来。他屡次对阿兰说，这是我们男人的事，你做做饭就行了，其他少掺和，以后就等着花钱。

郑天天屡次提到阿兰，显然击中了他的软肋。如果把阿兰也牵连进来，有牢狱之灾的危险，那可就是一败涂地了。

池木乡的请求得到领导许可。过不多时，阿兰抱着孩子来了。

池木乡想抱一下孩子。这个要求得到许可。池木乡被解开手铐，抱起孩子，心情一下子放松，甚至开起玩笑道："在里面以后可就见不到你喽，早晓得让你拍张照片给我。"

阿兰暗暗流泪。

池木乡道："你别哭，跟你一点关系都没有。我认栽了，你好好带孩子，本来答应了发了财让你使劲儿造，现在发现是吹牛皮，对不住你。"

阿兰哭道："我喜欢钱，可不是图你钱的。"

池木乡道："哎，我晓得，没钱留给你，现在提这一茬也没劲。那捞上来的银锭，其实还是值钱的，可惜太大意了，也没能留点给你，现在全让他们没收了。"

阿兰道："别提钱了，我指着你回家呢。"

"这次应该回不了了，你好好带孩子，等她长大后，告诉她，有一个叔叔，很喜欢她。"

很快，这一温馨的场面被截止，继续开始审问。

池木乡指着自己的呼吸带道："把这个给我解开，不用劳什子测谎什么的,你问啥我都告诉你。"

郑天天道:"好,那我们从心测程序直接转为预审程序,做好笔录。"

池木乡身上设备被解开,变得轻松,也许刚才温情的一幕,给他注入了能量。

"少林是你杀的吗?"

"是的。"池木乡毫不迟疑。

"为什么要杀他?"

"你猜猜看,你们既然那么厉害,就看看能否猜到动机。"

"根据我们调查,少林在台风期间回过一次家,但由于他贩卖古董赝品,引起警方的注意。你怕警方顺藤摸瓜,由少林查到你们整个团伙,所以灭口沉尸。"

警方之前已经做了调查,根据船仔的信息,在离开之前,少林并没有和池木乡发生什么冲突,甚至一点征兆都没有,从而推论出少林被杀,只能是这种客观原因。除此之外,池木乡没有理由会杀害一个他要重用的"水鬼"。

池木乡听着郑天天的推论,面露微笑,突然闭上眼睛,头枕在椅背上。那表情,又似嘲讽,又似已经放下任何抵御的放松。他的脑海,确实在回放着当时的画面。

阿兰到来,告知少林卖假海捞瓷被警方查询过。他当时愤怒极了,确实动了杀心,想把少林一把扔进海里。一方面,是气他不讲规矩;另一方面,是怕他把警察招惹过来。但是在用人之际,他想还是忍了。另外少林身上没有通信设备,在岛上比较安全,怎么着先帮着把活干完再说,他摁住了杀心。

但是少林明显能感觉到池木乡身上的敌意,那种狐疑和讨厌的眼神,使得少林嗅到了一点自己暴露的可能性。能让自己暴露的,只能是阿兰。他必须警告阿兰。那一天在院子里,他悄悄对阿兰道:"阿兰,你说话要小心点,你女儿就四岁,谁要是对你有意见,保不齐气往女儿身上撒,那可就不好了。"阿兰没有回声,转头就把这句话告诉了池木乡。少林以为这句话可以保护自己,没想到这句话,唤起了池木乡摁下去的杀心。

"你笑什么?"郑天天道。

池木乡在椅子上睁开眼睛,道:"你们还真不赖,能把我分析得一清二楚,有本事。少林呢,不守规矩,引火烧身,是必须要死的。"

郑天天舒了一口气,乘胜追击道:"你把杀死少林的过程说一下。"

池木乡没有再犹豫，把过程和盘托出。他找了个搬东西的借口，把少林带到岸边，突然下杀手，用布条勒死。在海滩上找到水泥柱子，绑了，特意把船开到海上，沉尸大海。怎奈老天有眼，尸体出现"巨人观"，浮了上来，随着海浪漂到岸边。

"可以了吧，我想好好休息一下。"池木乡道，确实，内心的搏斗，使得他脑袋已经疲倦。现在动过的脑子，可能是他一辈子都没有动过的。

"老欧呢？"郑天天问道。

"什么意思？"

"我们已经开棺验尸过，老欧不是病死，也不是自然死亡，他是在病重时被人勒死，跟少林类似。"

池木乡长长叹了口气，似乎疲惫至极，道："老欧呢，本不该死，是船仔害死他的。"

"说具体点。"

池木乡突然激动起来，叫道："如果船仔肯跟我下海打捞，让他爹养病，就没那么多事了。他爹病了，他就找各种理由不出工，这不是逼我弄死他爹吗？"

"你把杀人过程具体说一下。"

"杀人有什么好说的,你们那么喜欢听?我们都是用命来换口饭吃的人,生生死死不是很正常嘛,哪像你们,坐在办公室吹着空调就有饭吃。"

"你不要把犯罪理由说得那么冠冕堂皇。杀了人家的父亲,却把罪名安在儿子身上,没你这么强词夺理的。你用了什么工具,把过程叙述一遍。"

池木乡哈哈大笑起来,道:"说多没劲呀,要不然你过来,我做一遍给你看看。"

"预审结束,请嫌疑人签字。"郑天天冷冷道。

结案那一天,大伙儿聚了一次。高副厅长举杯对大伙说:"这一次的行动,暂告一段落,但是丝路文物的反盗捞行动才刚刚开始,提高警惕,积累经验,争取下一次的行动有更大的收获!"

钟细兵喝了闷酒,看样子有些不爽。郑天天察觉到了。

"喂,你心里还有疙瘩?"郑天天知道,钟细兵对于她去草屿岛卧底一事耿耿于怀。

"我一个大男人，哪有那么多疙瘩。"

"喊，看你喝酒一点都不爽，指定有心事！"

"这酒怎么能喝得爽呢，你想想，你的人，也是船仔救的，海盗池木乡，也是船仔捉的，我们穿着一身警服，就摘果子，这算什么事呀！"

"我们要的是结果，过程怎么样，这也不是谁能预料得到的。"郑天天劝他道。

"关键是宝贝还是流落到台湾去了，我们人也没捞到，赃物也没捞到，你说这算什么事呀。如果我去岛上侦查，应该不至于如此！"

"瞧，绕了一圈，你还是那个疙瘩。"

"你说是疙瘩就是疙瘩吧，这不是啥也没捞着，心里空荡荡的吗！"

郑天天拍了拍钟细兵的肩膀，悄悄道："算我对不起你，行了吧？你要是心里太空了，那就帮我调查一件事！"

郑天天说了妈妈跳楼的事，特别是船仔给她的提示。

钟细兵摇了摇头，道："这不是什么案子呀？"

郑天天道："可是在我心里，就是比天还大的案子，世界上有什么比妈妈的死更令人揪心的吗?你只不过是不能将心比心罢了!"

钟细兵眨了眨眼睛,拍了下自己脑袋,道:"好,好,我错了,我一心只想着文物的事,其他事在我眼里都忽略了。好,这件事你交给我就对了,走访、调查,下笨功夫,这是我基层警察的长项,我肯定给你找出答案!"

钟细兵调出医院的记录,走访了当时的主治医生和护士,经过长时间的调查,终于从一个值班的方护士那里打听到有用的线索。方护士说,有一天她进来给同病房病人处理吊瓶,听见郑国风与病床上的妻子正在那里争执。争执程度不大,也就是口气硬一点,这属于病房中常有的情况,所以她并没放在心上。经过钟细兵不断地循循善诱,她才从记忆深处打捞出来。当时郑国风说,这种病靠的就是天意,动手术也就是弄个人财两空。他的妻子似乎不乐意,气咻咻地不语。接着郑国风就举例,谁谁谁,都是经历了痛苦,最后命也没了。方护士后来给她换输液的时候,看见她的枕头湿湿的。等方护士隔天上班时,就发现她已经走了。

钟细兵问郑天天,可不可以对郑国风进行讯问调查。郑天天说一切由你做主,她只以旁观者的身份,只需要得到答案。

钟细兵是在国风堂见郑国风的。柜台上的寿山石和文玩,以及整个古朴而气派的氛围,都显出郑国风不菲的身家。这导致钟细兵对方护士的证词产生怀疑:这样的老板,怎么会拒绝妻子动手术呢?

钟细兵当天是便装,以调查医院案件为由,做了一次随意的闲聊。对于与妻子关于治疗上的分歧,郑国风倒是不掩饰。他笃信中医,认为西医是饮鸩止渴,认为癌细胞通过手术是解决不了问题的,这里切掉了还会跑到那里,完全是做无用功。但他认为,妻子的跳楼与这个分歧无关,是她自身的压力造成的。

在谈话的间隙,郑国风随手接了一个电话。对方应该是问一个人,郑国风放松道:"哦,水哥已经回去了。最近,最近没货,都在国风堂的货架上。好,我在招待客人,回见!"

钟细兵注意到,郑国风前面说的话,是随心的;中间的一句话,特意大着嗓门,显然是在掩饰;最后一句话,是给对方提供信息,换时间再谈。

"水哥",很有可能就是台湾的水哥。既然他跟水哥有联系,肯定知道元青花瓷交易的事。但是如果问郑国风，这只老狐狸肯定不会说什么。

钟细兵起身告辞，他没有立即回复，而是凭着直觉请示高副厅长：盗捞案件没有结束，对郑国风采取行动。

高副厅长这次信了钟细兵。钟细兵建议，这次行动要避开郑天天，兵不厌诈，由于上次窃听取得的成果，决定再次采用窃听行动，盯梢布控。钟细兵相信，郑国风马上会进行这次电话里的交易。而一切的对外行动，则在这个电话里，钟细兵派小吴以买卖鉴定寿山石的名义，在电话边上放上窃听器。

取得的成果出乎意料，导致案情峰回路转，一路了然：池木乡捞到的元青花瓷，在郑国风手上。郑国风晓得目前风声很紧，一时难以对外交易。他先拿二十万预付金，让池木乡先行躲避。另外，他还给池木乡提供了一条后路，万一被逮住，就说货已经由水哥收走，转到台湾了。而水哥，正是与郑国风有另外交易的台商，被用来做了幌子。

当下对郑国风进行布控，在获得重要的线索之后，实施抓捕行动。在郑国风的保险箱里，找到了完整的元青花瓷：它在海底沉了数百年，由于郑国风比较懂行，出水后进行了处理，现在熠熠生辉，跟崭新的一样。

成功始料未及，钟细兵在兴奋之后，突然涌起忧伤。他觉得这件事，多多少少会给郑天天带来感情伤害：谁又愿意把自己的父亲，即便是个最烦的父亲，放在牢里呢？

"这回我跟你说对不起，这个行动的前前后后，我都瞒你了，只是因为我想找出真相！"钟细兵愧疚道。

"你做得对，没什么要你道歉的。"郑天天叹了口气，眼角忍不住有泪水下来，她哽咽起来。

"如果是你知道了你父亲有文物线索，你会怎么做？"钟细兵问道。

"你不用问我这个问题，这是世界上最难的问题，我是一个女儿，也是一个警察，这个问题我没有答案。"

"你恨我是吗？"

"没有恨，如果要恨，我也是恨我的父亲。"

"为什么？"

"他有很多理由，中医呀，自然疗法呀，可能都有道理。但是他唯一不懂的是尊重女人，尊重我的妈妈！"郑天天擦去眼泪，吐出一口气，"钟细兵，别再提这件事了，我现在的心，好像被谁给剜了一块，我快受不了了！"

钟细兵看见郑天天脸色苍白，给她递了一张纸巾，什么话也没有说。也许，作为一个男人，什么话也没必要说。

阿豪的船载着郑天天到了龟屿的时候，船仔正从海底浮上来。他在海中，真的就是一只海豚，与海水融为一体。

阿豪叫道："船仔，过来，看看，多好看的姑娘来找你了，天哪，怎么会有这么好看的姑娘来找你！"阿豪的口水都要流出来了。

船仔爬上船，抬头看了一看郑天天，犹豫着，并不想太热情，想来那个被当成棋子的心结还堵着他。他转头对阿豪道："阿豪，记住，好看的东西往往有毒，你这个傻瓜，口水都要流到我手上了。"

郑天天的脸色有点难看，她听得出来，船仔是在讽刺她。

阿豪把船慢慢停在岸边，把缆绳扔了过去，阿豪跳上岸，把船固定好。

三人登上龟屿，海风吹来，郑天天的衣角猎猎作响。而船仔光着身子，皮肤更加黝黑，肌肉也更结实了。

郑天天在老欧的墓前点了香，拜了。心中念念有词，也许是跟老欧在致歉吧！

船仔已经不相信郑天天了，有些不耐烦道："你这次来什么目的？"

郑天天起身，道："我说过，我要来这里找你的。"

"你说的话哪些是真哪些是假，我没有脑子去分辨！"船仔道，"如果你没什么事的话，我还要下海，我的龙鳗在等着我呢。"

郑天天叹了口气，道："你还是对我有成见。我就问你一下，如果你是我，你会怎么做？"

船仔愣了愣，道："我不是你，我也做不了你。我只会说自己想说的话，做自己想做的事。"

"我本来是想跟你学潜水的，潜水确实能让我心无旁骛，治疗痛苦，难怪有人称之为'蓝色鸦片'。但是看来你还是不欢迎我，那我就回去吧！"

阿豪急了，"船仔，什么仇什么恨，你怎么这样子！"

船仔道："阿豪，你不理解我，如果你不信任一个人，你就无法获得自由，自由是我的生命。"

船仔说着，再一次跳进水里，潜入深海。郑天天失望地看着这一切，眼泪流了出来。

"走吧，阿豪！"

郑天天回到船上。阿豪恋恋不舍，朝着水里的船仔大喊："船仔，你出来！"

船仔再次浮出水面的时候，用力吮吸自己的手腕，好像手腕是一块流油的猪蹄。再细看，手腕上鲜血流个不停。阿豪把船仔拉上船。

"什么情况？"郑天天焦急问道，她连忙把自己的外衣脱下来，包扎止血。

"我被龙鳗咬了。"船仔兴奋地说，"龙鳗以前都不理我，现在终于咬我了，它终于咬我了！"

他又一次拿食物诱惑龙鳗，当他伸手想抓住龙鳗的时候，龙鳗终于反咬一口，像一把锯齿划过皮肤。但对于船仔而言，这是龙鳗与他的亲密接触。

"被咬了还这么兴奋。"郑天天道。

"它是我最好的朋友，我被亲了一口，怎能不兴奋呢！"船仔道。

"是被咬一口，不是被亲一口，我告诉你，如果龙鳗咬准了，可以把你的手腕咬断。"阿豪警告道。

"朋友不会总是对你好，有时候也会给你一点教训嘛！"船仔自我解嘲道。

说完了这句话，船仔看着郑天天，又看着自己，好像不相信这句话是自己说的。

郑天天第二次到岛上的时候，是有计划的。她决定说服船仔继续上学，以他的优势，考取一个体育专业没问题。她觉得内疚，伤害了船仔，必须做点什么事才能弥补。她跟阿豪约好了时间，让他们等她。她让钟细兵送她过来，决定联合钟细兵来说服，志在必得。但是当他们到达岛上的时候，船仔家却已是人去楼空。问阿豪，阿豪说："我跟他说得好好的，还说了你们的来意，他也答应了的。"

郑天天打开屋门，仔仔细细查看，一无所获。在船仔的屋里，桌子上用茶杯压着一封信，那是写给她的。

天天姐姐：

我这样称呼你，代表我已经释然了。至少理智上，我没有怨恨了。我不抱怨任何人，包括你，我只认为这一切都是老天的安排。比如，老天带走了我的父亲，留下我一个人更加自由地生活。

我知道你想为我做些什么，也知道你想把我带入陆地的世界，去过看起来更好的生活。这一切，我在心里谢过。但这不是我喜欢的。岛屿与海洋，那是我的另一个父亲，我不会离开了。

之所以不想见你们，或者说，不想与陆地的生活接触，是因为直接有一种反感。这种反感当然不是怨恨你们。我自己曾深入去思考过，这种反感的来源，是因为我害怕接触你们的生活，你们的生活总是跟谎言联系在一起。即便是善意的谎言，那也是我不想要的。你要知道，生活在海岛的人，心很大，大得能包容风暴与生死，心也很小，小得容不下一点点的欺骗。如果下次我再接触到你的谎言，我再也不会叫你姐姐了。所以，还是不见为好。

这里就是我的世界。不要担心我的生活。如果一只鱼能在这里生活得很好，我也能。

我还在消化这一段惊心动魄的生活，请原谅我的失约！你也不用再来打扰我！

　　　　　　　　　　　船仔

郑天天愣在这里，把这封信看了三遍。默然不语。最后她带走船仔家里的一个海螺。到了船上，钟细兵道："你想哭就哭出来吧，憋着张脸，你难受，我看着也难受！"郑天天捂住了自己的脸。无边无际的海风吹拂她的头发，吹得很乱。

24

　　二〇二一年八月，在泉州海外交通史博物馆，钟细兵一眼认出了船仔。船仔听见有人喊自己，十分慌张，就在愣神的间隙，被钟细兵一把逮住。钟细兵以他超人的记忆力和敏感，认出了船仔，即便船仔已经成为一个中年人了。但是船仔并未认出钟细兵，因为钟细兵已经是半头白发，判若两人了。

船仔眼里是惊惶与疑惑，他一向以海岛人的警惕，认为人群是危险的，社会是危险的。

"你不认得我了吗，一九九八年，碗礁盗捞案，你是盗捞分子，我是抓你们的，钟细兵！"钟细兵热情地自我介绍。

不过这夸张的介绍还是把船仔吓了一跳，他环顾左右分辩道："我不是盗捞分子！"

钟细兵安慰道："现在不计较那事了，不过我可是找你很久了。"

船仔的身材魁梧了很多，身板厚而结实了，一看就知道没少干体力活。钟细兵带他到安保室，给他泡了茶，道："你今儿先别走，我真是踏破铁鞋无觅处，得来全不费工夫，你怎么会想来这儿？！"

泉州申遗后，成为热点，船仔也风闻泉州海交馆要举办海底文物展，其中就有当年那件元青花瓷。这是一个难得的机会，那件青花瓷，让池木乡结束了他的盗海生涯，也让少林和父亲死于他手。船仔感怀往事，想仔细看看那是一件怎样的瓷器。

他在展位细细看，只是看到纹饰确实精细，栩栩如生。除此之外，他看不明白为何是天价。他心中一片茫然，只觉得这熙熙攘攘的人群，是一个荒唐的社会。

钟细兵让他喝杯茶，然后给郑天天打电话："你二十几年前交给我的任务，我现在给你完成了。"

郑天天得知情况，道："你叫他别走，我处理点事就开车过来，今天我把你的退休宴给办了。"

福州到泉州，就两个多小时的车程。下班后，钟细兵临近找了个酒家，跟船仔一起等待。船仔还是那么木讷，只要钟细兵不问，他就不开口，一副与世无争的样子，但对于钟细兵的热情，也不反感。

钟细兵叹道："二十多年过去了，你还是那个傻乎乎的少年，让我怎么说你呢！"在钟细兵的眼里，船仔确实是个呆子。

钟细兵告诉他，当郑天天读到船仔的告别信，哭了，恹恹地病了一周。钟细兵一直想不清楚，那封信怎么会有这么大的杀伤力。心里又觉得船仔是个傻子，不懂事，安排得好好的路不走，在孤岛上能有什么前途。他去看望郑天天，在郑天天心里，船仔还是一块心病，特别是担心他一个人能不能面对没有父母没有亲人的日子。她知道船仔不想见到她了，她托付钟细兵,上岛的时候,有可能就去看看船仔,带回来一些他的信息。大概是几个月后,钟细兵上岛执行任务,去了船仔的家,好像是很久没住人的样子。钟细兵回来告知郑天天,并且安慰说,他可能出门打工了。后来钟细兵又上过一次岛,还是门锁紧闭,问了一个同村的老伊姆,也不晓得船仔的去向。这一次,钟细兵没有告知郑天天。

就这样,船仔的去向,在郑天天和钟细兵的交往中,就成了一个谜。谁也不去提这一茬,就好像不去揭一个伤疤。特别是他们有限的交往中,如果有涉及船仔的话题,就会适时打住。时光流逝,好像一切都可以淡忘,但其实一切只是暂时埋藏起来。这也是为什么多年后,钟细兵张口就能叫出船仔这个名字。

船仔听着,淡淡地微笑,看不出悲喜。他在岛上生活一段时间之后,内心平静下来,但悲伤同时也从心底涌出,有时候辗转难眠。一个人的生活,确实太孤寂了,他又不是外向的人,不会与人诉说。他觉得在忙碌的时候、做事的时候,会好一点。除了偶尔跟着阿豪出去打鱼,他过的是孤寂的生活。对于陆地,他是恐惧,他无法融入。有一天,他得到一个招募远洋船员的消息,就稀里糊涂地去了。这是一个最适合他的活儿，既可以远离陆地去海上，又可以在一个集体中，忙碌的生活能够疗愈他的痛苦。走的时候，很多人都不知道，所以钟细兵在岛上也无从打听。

"这么多年来，你一直在远洋渔船上工作？"钟细兵问道。

船仔点了点头。远洋渔船工作，一般在海上一待就半年，然后回来休息一段。

"中间想过换一种生活吗？"

船仔摇头，道："我除了会干船上的活，不会干别的。"

钟细兵盯着他，突然笑了起来，"说句实话，我后来处理几次案件，遇到些盗捞团伙，还曾经怀疑过，你是不是重操旧业了。"

船仔笑了笑，内心毫无波澜，又摇了摇头。

"你笑什么？"

"那是我生命中最痛苦的经历，你觉得我会再来一次吗？"

"是我肤浅了。"钟细兵笑道，"咱们不提那些，说说嘛，你成家了吧？"

船仔摇摇头。

钟细兵惊愕了。这一把年纪，人到中年，怎么着也以为是成家立业了。

"大部分时间漂在海上，没什么时间去张罗这事。"船仔淡淡道。

"这是借口，我认识那么多海员，一半时间在海上，一半时间在陆地上，哪个不是拖家带口的。一定是没人给你张罗，是不是？你看我们当年关心你，你却不接受，现在落个孤家寡人的。"

船仔喝了一口茶道："其实，有老乡张罗过一次，也见过一个女子，但我老觉得她在骗我，可能是我自己心理有问题吧。后来我想可能是我不适应跟任何人打交道，一个人生活挺好的，就再也不去想这回事了。"

钟细兵沉吟半晌，似乎沉浸在往事之中，"当年你是十八岁，情窦初开的年纪，你老实跟我讲讲，当年有没有喜欢过郑天天，或者说，郑天天有没有喜欢过你？"

船仔好像在听天外之书，愣着不言不语。

"你说呀，其实这是我的一个心结，就是说，当年郑天天怎么会病了，没有很深的痛苦，是不会的，你老实告诉我，就当是帮我破一个案子。"

船仔摇摇头,道:"我真的忘记了当年的事。你知道吗?很多时候,我就是靠强行忘记来活下去的。"

"你不说,我可能也知道一些,唉。"钟细兵给船仔泡了茶,"郑天天来了,你会有什么跟她说的吗?"

船仔道:"没有什么想说的吧,你知道吗?说话对我来说,是很困难的一件事。同时,也是一件很可怕的事。"

"那你就什么都不说,听我们聊聊也可以的。"钟细兵安慰道,"反正这次让她看到你,也是我的一个任务,你就当帮我完成一个任务吧!"

这时,郑天天的微信来了,说她已经到楼下停车场了,钟细兵便出去迎接。当他带着一头短发、干练至极的郑天天进来时,发现船仔已经不见了影子。

初稿　2021.12.21 冬至日

二稿　2022.2.22 于报恩寺

三稿　2022.3.14 于报恩寺

四稿　2022.9.7 白露日

终稿　2022.11.7 于广州

后　记

　　大概十年前，一个岛民朋友，带我去了连江的定海码头。那是一个海上沉船打捞的进出码头。我看到码头上摆着长满藤壶的汉白玉石狮，码头上小店里都有来自沉船的小物件售卖。那是令我浮想联翩的情景：历史与现实的交融，海上与陆地的故事交织，三教九流的汇聚，眼力与金钱的碰撞。

　　几年后，朋友拿着一把从黑市上买来的枪，去岛上复仇，一个仇人死在他的枪下，另一个仇人去吃酒席了，逃过一劫。随后，他饮弹自尽。在此之前，他被盛气凌人的仇人打伤进了医院，极尽羞辱，并且在司法层面也得不到他满意的解决，他最终选择了这条道路。一切都如电影《天注定》。

　　他大多时候生活在岛上，大部分时间在赶海，也在海上九死一生过。

我想和他一起赶海的梦想,也戛然而止。是非曲直,无法评说,只能说,他是一个老实巴交的典型的岛民。

我想写他的故事,可无从下笔,太血淋淋了,不知所以。

四十来岁的时候,一切来的都会来,经历多次亲朋好友非正常或正常的死亡,让我产生了幻灭感,心脏也因此承受不住,产生了习惯性的心悸。我甚至因为心悸,而不敢去参与朋友的后事。在我自己动手术期间,因为疼痛与莫名的悲伤,我甚至想过,扛不过就死了算了,活着太麻烦了。

时间最终缓解了我的情绪,写作疗伤也取得一定的效果。随着身体的恢复,近年算是平静下来,特别是疫情期间被困家中,也让我对生活产生了新的感悟。你必须尊重和感受生活一瓢一饮,爱惜自己写下的每一个字,感受一点一滴的温暖,接近人群,感受每一天的重生与创造。曾经看不上这、看不上那,好高骛远,那是对生活的误解。

写这个小说,可以说是以上种种的积累。写小说的目的也非常单纯,第一就是写一个好看得不得了的海上故事,第二,就是塑造一个海岛上自由而固执的灵魂。第一稿的时候,主人公曾用朋友的名字，后来还是换成我的系列专用名字。皮相之功，不必在意。

那些漂在海上的，湿漉漉的灵魂，生于海岛又为海岛所困的，正是我想塑造的。

他曾用高度近视的眼睛看过我的书。愿往生亦可。

既是创作，亦是怀念。

李师江

2023.3.23